LETTERS / ALIVE

见字如面

主编 关正文

湖南文艺出版社
HUNAN LITERATURE AND ART PUBLISHING HOUSE

博集天卷
CS-BOOKY

这些有趣的信件值得在今天
被更多人看到

各位亲爱的读者：

见字如面。你一定是这个同名节目的爱好者，但在我心里，最终出版的这本书，才是这些精彩信件更经得住时间考验的载体。为了视听转换的需要，很多原来很长的信在节目中被压缩了，这次你们可以看到原貌。当然，我还是想强调一句，无论是节目也好，图书也罢，收集这些信件都不是为了缅怀在数字时代即将逝去的书信传统。尽管这个传统在今天很容易被描绘得非常美妙。从前的日子在写信和等信中缓慢流逝，在快节奏的年代被赋予了想象中的美感。但在慢节奏的年代，一定会因为不断误事，催生了很多原本不会发生的悲剧和喜剧。

说说我们的选信标准吧。这个标准其实很简单，而且纯粹是为了当下的：入选的信件一定要值得在今天被更多人看到。这个表述很主观，细化一些的标准是，它必须能为今天的人提供对历史、社会、人情和人性的认知价值，能激发大家的独立思考。在我看来，这是我们所有人进行精神产品消费的最核心利益。在播出的高峰期，节目连续 10 周蝉联网络热议第一名，大家讨论得很激烈，多元价值的互动让这些信越读越厚。

我们所在的世界并非理想的花园，所以我们拒绝提供矫饰的鸡汤。作为节目，有人评价说它是一股清流。这种说法不但得罪人，而且阉割了这些信件的价值。

私人书信，在当初写作时并不是为了给外人看的，所以最有可能保存真实的信息，让我们在混沌中得以瞥见可供确认的他人经验，用来滋养和调试我们与这个世界相处的姿态。

无论是出品节目还是出版图书，要感谢的人很多。感谢我们的顾问叶永烈、李辉、许子东、张丁、方继孝、雾满拦江、杨雨、蒙曼、余世存、韩田鹿、王人恩、傅秋爽、赵胥、张乐天等诸位先生，他们深厚的积累帮我们打开了中国书信宝藏的大门。感谢节目编剧群刘宇、张子选、毛小玉、唐蕊、谢阳、丘尘、李婷、郭亚楠等诸位同事，他们从上万封书信中挑选编辑出了现在的这些有趣的信件。感谢腾讯视频、黑龙江卫视的信任，没有他们的全力推广，这些信件可能还会尘封多年。感谢博集天卷，他们专业的出版经验让这本书的样貌令人爱不释手。

能把这些信件带给大家，并且得到了大家的喜爱，是一件非常幸福的事情。所以，只要有可能，节目会一直做下去，书也会一直出下去。

谢谢你买了书。这本书，值得。

2017 年 6 月 21 日

CONTENTS 目录

CONTENTS **目录**

CONTENTS **目录**

CONTENTS **目录**

这场战事不知道还要持续多久

秦军将士黑夫和惊写给大哥衷

公元前 223 年农历二月

战国时期，秦军发动了攻灭楚国的大规模战争。黑夫和惊两兄弟是当时秦军部队中两名普通的士兵。当征战到淮阳一带时，他们给远在秦南郡安陆家中的兄长衷写了两封信。1975 年，考古学家从湖北省云梦县睡虎地 4 号墓发掘出了分别写在两片木简上的这两封家书。信件距今 2200 多年，是已知的中国最早的战地家书。

黑夫执笔部分:

今天是二月辛巳日。黑夫和惊恭祝大哥安好。母亲身体还好吧？我们兄弟俩都挺好的。前几天，我们两个因为作战没在一起，今天终于又见面了。黑夫再次写信来的目的，是请家里赶紧给我们送点钱来，再让母亲做几件夏天穿的衣服送来。见到这封信之后，请母亲比较一下安陆的丝布贵不贵，不贵的话一定要给我们做好夏天穿的衣服，和钱一起带过来。要是家乡的丝布贵，那只带钱来就行，我们自己在这边买布做衣服。

我们马上就要投入淮阳之战了。进攻这座叛逆之城的战事不知要持续多久，谁也说不准会发生什么意外，所以母亲给我们用的钱也别太少了。收到信后请马上给我们回信，一定要告诉我们官府给我们家授予爵位的文书送到没有，如果没送到也跟我

写在两片木简上的家书

（图片提供：中国人民大学家书博物馆）

说一声。大王说只要有文件就不会耽搁。人家送文书来你们别忘了说声谢谢。

信和衣物寄到南方军营时千万别弄错了地方。替我们问候姑姑和姐姐，特别是大姑。再问问婴汜季，我们和他商量的事怎么样了，定下来没有？还有，代我们向夕阳吕婴、匮里阎诤两位老先生问安，他们身体还硬朗吧？惊特别惦记他的新媳妇和娿，一切都好吧？新媳妇要好好照顾老人，别跟老人置气。大家尽量吧。

惊执笔部分:

现在是惊在衷心问候大哥。家里家外的和睦全靠大哥了。自从我们出外征战之后，母亲真的没事吧，真的跟以前一样硬朗吧？跟黑夫住在一起的时候，她老人家一直都是很健康的。钱和衣服的事，希望母亲能寄个五六百块钱来。布要仔细挑选品质好的，至少要两丈五尺。我们借了垣柏的钱，而且都用光了。家里要是再不寄钱来，就要出人命了。急急急。

我非常惦记新媳妇和娿，她们都还好吧？新媳妇你要尽力照顾好爸妈。我出门在外，娿就拜托大哥你来教育管束了。如果要打柴，一定不要让她去太远的地方，大哥你一定要把她替我看好了。听说新地城中的百姓大都逃空啦，而且让这些原住民干什么他们也真的不听招呼。问候姑姐，她和她儿子产还好吧？为我求神祭拜的时候，如果得到的是下下签，那只是因为我身在叛逆之城的缘故，别想多了。新地城中有盗贼蜂拥而至，大哥一定不要去那里。急急急。

原文

二月辛巳，黑夫、惊敢再拜问衷。母毋恙也？黑夫、惊毋恙也。前日黑夫与惊别，今复会矣。黑夫寄益就书曰：遗黑夫钱，母操夏衣来。今书节到，母视安陆丝布贱，可以为禅裙襦者，母必为之，令与钱偕来。其丝布贵，徒钱来，黑夫自以布此。

黑夫等直佐淮阳。攻反城久，伤未可智也。愿母遗黑夫用勿少。书到皆为报，报必言相家爵来未来，告黑夫其未来状。闻王得苟得毋恙也？辞相家爵不也？

书衣之南军毋……不也。为黑夫、惊多问姑姊康乐孝婴故术长姑外内……为黑夫、惊多问东室季婴苟得毋恙也？为黑夫、惊多问婴泛季事可如？定不定？为黑夫、惊多问夕阳吕婴、匧里阎净丈人得毋恙矣？惊多问新负、婡得毋恙也？新负勉力视瞻丈人，毋与……勉力也。

惊敢大心问衷，母得毋恙也？家室外内同……以衷，母力毋恙也？与从军，与黑夫居，皆毋恙也。……钱衣，愿母幸遣钱五六百，绤布谨善者毋下二丈五尺。……用垣柏钱矣，室弗遗，即死矣。急急急。

惊多问新负、婡皆得毋恙也？新负勉力视瞻两老……。惊远家故，衷教诏婡，令毋敢远就若取新，衷令……闻新地城多空不实者，且令故民有为不如令者实……为惊视祀，若大发毁，以惊居反城中故。惊敢大心问姑秭，姑秭子产得毋恙……？新地入盗，衷唯毋方行新地，急急急。

有你们，中国是不会亡的

萧红写给弟弟张秀珂

1941 年 9 月 20 日

萧红（1911—1942），中国女作家。"民国四大才女"之一。原名张秀环。1930 年秋，初中毕业的萧红毅然逃婚前往北平。萧红的文学创作起始于哈尔滨。1934 年，因作品揭露了日伪统治下社会的黑暗，引起特务机关怀疑而逃离哈尔滨，其后创作《生死场》得到鲁迅的鼓励。离家后，萧红最为牵挂的只有弟弟张秀珂。抗日战争爆发后，张秀珂选择去西北参军，而萧红辗转多处，与弟弟完全失联。1941 年 9 月，身患重病的萧红在病榻上写了给弟弟的信，因无处投寄，在《大公报》以《"九一八"致弟弟书》为名发表。1942 年 1 月，萧红病逝。她至死也没能收到弟弟的任何消息。

可弟：

　　小战士，你也做了战士了，这是我想不到的。

　　世事恍恍惚惚的就过了；记得这十年中只有那么一个短促的时间是与你相处的，那时间短到如何程度，现在想起就像连你的面孔还没有来得及记住，而你就去了。

　　记得当我们都是小孩子的时候，当我离开家的时候，那一天的早晨，你还在大门外和一群孩子玩着，那时你才是十三四岁的孩子，你什么也不懂，

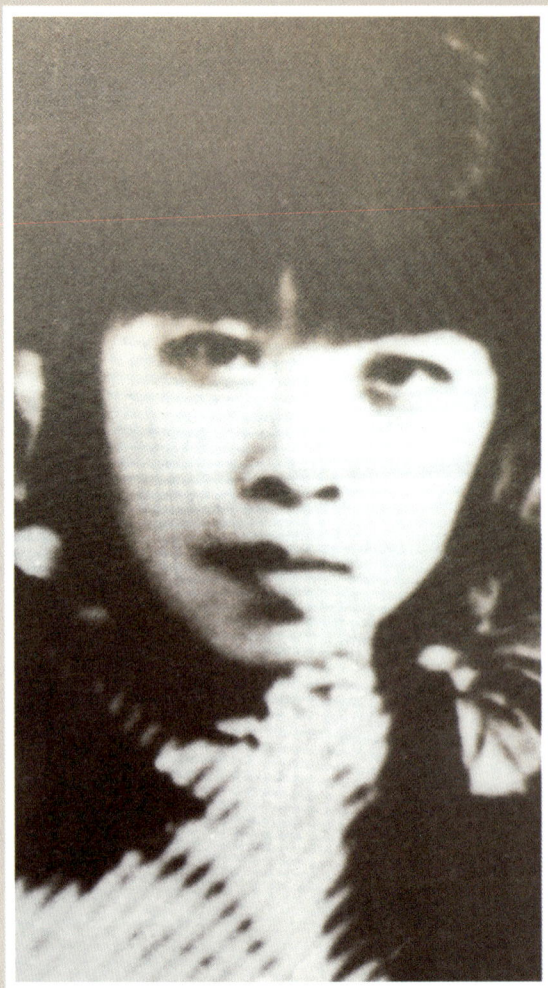

萧红

你看着我离开家向南大道上奔去，向着那白银似的满铺着雪的无边的大地奔去。你连招呼都不招呼，你恋着玩，对于我的出走，你连看我也不看。

而事隔六七年，你也就长大了，有时写信给我，因为我的漂流不定，信有时收到，有时收不到，但在收到信中我读了之后，竟看不见你，不是因为那信不是你写的，而是在那信里边你所说的话，都不像是你说的。这个不怪你，都只怪我的记忆力顽强，我就总记着，那顽皮的孩子是你，会写了这样的信的，会说了这样的话的，那能够是你。比方说——生活在这边，前途是没有希望，等等……

这是什么人给我的信，我看了非常的生疏，又非常的新鲜，但心里边都不表示什么同情，因为我总有一个印象，你晓得什么，你小孩子，所以我回你的信的时候，总是愿意说一些空话，问一问家里的樱桃树这几年结樱桃多少？红玫瑰依旧开花否？或者是看门的大白狗怎样了？关于你的回信，说祖父的坟头上长了一棵小树。在这样的话里，我才体味到这封信是弟弟写给我的。

20世纪40年代末，萧红家人在后花园合影，后排左一为萧红胞弟张秀珂，左三为萧红父亲张廷举

007

但是没有读过你的几封这样的信，我又走了。越走越离得你远了，从前是离着你千百里远，那以后就是几千里了。

而后你追到我最先住的那地方，去找我，看门的人说，我已不在了。

而后婉转的你又来了信，说为着我在那地方，才转学也到那地方来念书。可是你扑空了。我已经从海上走了。

可弟，我们都是自幼没有见过海的孩子，可是要沿着海往南下去了，海是生疏的，我们怕，但是也就上了海船，漂漂荡荡的，前边没有什么一定的目的，也就往前走了。

那时到海上来的，还没有你们，而我是最初的。我想起来一个笑话，我们小的时候，祖父常讲给我们听，我们本是山东人，我们的曾祖，担着担子逃荒到关东的。而我们又将是那个未来的曾祖了，我们的后代也许会在那里说着，从前他们也有一个曾祖，坐着渔船，逃荒到南方的。

我来到南方，你就不再有信来。一年多又不知道你那方面的情形了。

1936 年 7 月 16 日，萧红赴日本前黄源设宴送行。左起为黄源、萧军、萧红

不知多久，忽然又有信来，是来自东京的，说你是在那边念书了。恰巧那年我也要到东京去看看。立刻我写了一封信给你，你说暑假要回家的，我写信问你，是不是想看看我，我大概七月下旬可到。

我想这一次可以看到你了。这是多么出奇的一个奇遇。因为想也想不到，会在这样一个地方相遇的。

我一到东京就写信给你，你住的是神田町，多少多少番。本来你那地方是很近的，我可以请朋友带了我去找你。但是因为我们已经不是一个国度的人了，姐姐是另一国的人，弟弟又是另一国的人。直接的找你，怕与你有什么不便。信写去了，约的是第三天的下午六点在某某饭馆等我。

那天，我特别穿了一件红衣裳，使你很容易的可以看见我。我五点钟就等在那里，因为我在猜想，你如果来，你一定要早来的。我想你看到了我，你多么喜欢。而我也想到了，假如到了六点钟不来，那大概就是已经不在了。

一直到了六点钟没有人来，我又多等了一刻钟，我又多等了半点钟，我想或者你有事情会来晚了的。到最后的几分钟，竟想到，大概你来过了，或者已经不认识我，因为始终看不见你。第二天，我想还是到你住的地方看一趟，你那小房是很小的。有一个老婆婆，穿着灰色大袖子衣裳，她说你已经在月初走了，离开了东京了，但你那房子里还下着竹帘子呢。帘子里头静悄悄的，好像你在里边睡午觉的。

半年之后，我还没有回上海，不知怎么的，你又来了信，这信是来自上海的，说你已经到了上海，是到上海找我的。

我想这可糟了，又来了一个小吉卜西。

这流浪的生活，怕你过不惯，也怕你受不住。

但你说："你可以过得惯，为什么我过不惯。"

于是你就在上海住下了。

等我一回到上海，你每天到我的住处来，有时我不在家，你就在楼廊等着，你就睡在楼廊的椅子上，我看见了你的黑黑的人影，我的心里充满了慌乱。我想这些流浪的年轻人，都将流浪到那里去，常常在街上碰到你们的一伙，你们都是年轻的，都是北方的粗直的青年。内心充满了力量，你们是被逼着来到这人地生疏的地方，你们都怀着万分的勇敢，只有向前，没有回头。但是你们都充满了饥饿，所以每天到处找工作。你们是可怕的一群，在街上落叶似的被秋风卷着，寒冷来的时候，只有弯着腰，抱着膀，打着寒战。肚里饿着的时候，我猜得到，你们彼此的乱跑，到处看看，谁有可吃的东西。

在这种情形之下，从家跑来的人，还是一天一天的增加，这自然都说是以往，而并非是现在。现在我们已经抗战四年了。在世界上还有谁不知我们中国的英勇，自然而今你们都是战士了。

不过在那时候，因此我就有许多不安。我想将来你到什么地方去，并且做什么？

那时你不知我心里的忧郁，你总是早上来笑着，晚上来笑着。似乎不知道为什么你已经得到了无限的安慰了。似乎是你所存在的地方，已经绝对的安然了，进到我屋子来，看到可吃的就吃，看到书就翻，累了，躺在床上就休息。

你那种傻里傻气的样子，我看了，有的时候，觉得讨厌，有的时候也觉得喜欢，虽是欢喜了，但还是心口不一地说："快起来吧，看这么懒。"

不多时就"七七"事变，很快你就决定了，到西北去，做抗日军去。

你走的那天晚上，满天都是星，就像幼年我们在黄瓜架下捉着虫子的那样的夜，那样黑黑的夜，那样飞着萤虫的夜。

你走了，你的眼睛不大看我，我也没有同你讲什么话。我送你到了台阶上，到了院里，你就走了。那时我心里不知道想什么，不知道愿意让你走，还是不愿意。只觉得恍恍惚惚的，把过去的许多年的生活都翻了一个新，事事都显得特别真切，又显得特别的模糊，真所谓有如梦寐了。

可弟，你从小就苍白，不健康，而今虽然长得很高了，仍旧是苍白不健康，看你的读书，行路，一切都是勉强支持。精神是好的，体力是坏的，我很怕你走到别的地方去，支持不住，可是我又不能劝你回家，因为你的心里充满了诱惑，你的眼里充满了禁果。

恰巧在抗战不久，我也到山西去，有人告诉我你在洪洞的前线，离着我很近，我转给你一封信，我想没有两天就可以看到你了。那时我心里可开心极了，因为我看到不少和你那样年轻的孩子，他们快乐而活泼，他们跑着跑着，当工作的时候嘴里唱着歌。这一群快乐的小战士，胜利一定属于你们的，你们也拿枪，你们也担水，中国有你们，中国是不会亡的。因为我的心里充满了微笑。虽然我给你的信，你没有收到，我也没能看见你，但我不知为什么竟很放心，就像见到了你的一样。因为你也是他们之中的一个，于是我就把你忘了。

但是从那以后，你的音信一点也没有的。而至今已经四年了，你到底没有信来。

我本来不常想你，不过现在想起你来了，你为什么不来信。

于是我想，这都是我的不好，我在前边引诱了你。

今天又快到"九一八"了，写了以上这些，以遣胸中的忧闷。

愿你在远方快乐和健康。

萧红

1938 年，萧红由山西临汾去往陕西西安

鳄鱼，你不可以和我一起生活在这片土地上

韩愈写给鳄鱼

公元819年（唐元和十四年）

韩愈（768—824），字退之。唐代杰出的文学家、思想家、哲学家、政治家，被后人尊为"唐宋八大家"之首，有"文章巨公"和"百代文宗"之名。后人将其与柳宗元、欧阳修和苏轼合称"千古文章四大家"。两任节度推官，累官监察御史。元和十四年（819年），因谏迎佛骨事被贬至潮州。到任后，当地百姓反映此地有鳄鱼危害民众。于是韩愈前往探查，搭起祭坛，宣读了这封写给鳄鱼的信《祭鳄鱼文》。传说韩愈宣读完此信的当晚，有暴风雷起于鳄鱼所在的深潭之中。数日后潭水干涸，鳄鱼也搬走了，再没有祸害百姓。

我，潮州刺史韩愈，派我的手下秦济，把一只羊、一头猪扔进这鳄鱼溪的潭水之中，给你们这些鳄鱼吃。你们吃着，我有话要跟你们说：

远古的时候，帝王们一旦拥有了天下，都会放火烧山，挥刀结网，灭除危害百姓的虫蛇恶物，把它们驱赶到四海之外。后来的帝王，德行威望减弱，管不了太大的地方。结果江汉之间都归了蛮夷。岭海之间的潮州，更是距京师万里之遥，你们这帮鳄鱼就在这儿生息繁衍，也很正常。

但是现在不一样了。当今的皇上是大唐王朝的皇上，神圣慈武。四海之外，六合之内，全都归他

掌握。更何况在先圣大禹到过的潮州，皇上还专门派了刺史、县令来管理。这里是国家看重的物产丰饶之地，你们鳄鱼是不可以跟我这个刺史共同享有这片土地的。

我受皇上的委托，镇守这片土地，管理这里的民众。但你们这些鳄鱼，不在水里好好待着，竟敢称霸一方，凶残地吞食民众的牲畜，吃肥了自己，养大了儿孙。这就是跟我刺史叫板，分不清谁是大哥了。刺史我虽然没什么本事，但怎么可能向你们这些鳄鱼低头呢？我要是怕了你们，还不得让百姓笑话死，我在这儿就没法混了。

我是皇上派到这儿的，职责所在，我必须跟你们这帮鳄鱼说清楚。你们这些鳄鱼要是能明白，就听我一句话：这里是潮州，大海就在它的南边。大到鲸鲲，小到虾蟹，大海里应有尽有。那儿才是你们吃饭拉屎的地方。路也不远，你们早上走，晚上就到。我今天跟你们说好了，给你们三天，你们所有这些浑蛋都给我搬到南海去，省得我收拾你们。三天搬不完，给你们五天。五天搬不完，给你们七天。七天搬不完——那就是你们真的不想走了，是眼里没有我刺史、不肯听劝了。不然就是你们这些鳄鱼冥顽不灵，我虽然说清楚了，可你们听不明白。但不管怎样，你们不尊重我就是不尊重皇上。只要是不听劝、不搬家，你们就跟所有祸害百姓的浑蛋一样，都该被杀光。刺史我会挑选能射箭的官员、百姓，拿着强弓，配上毒箭，见着鳄鱼就杀，直到杀完为止。到那个时候，你们再后悔可就晚了。

祭鳄鱼文

维年月日，潮州刺史韩愈，使军事衙推秦济，以羊一、猪一投恶溪之潭水。以与鳄鱼食，而告之曰：

昔先王既有天下，列山泽，罔绳擉刃，以除虫蛇恶物为民害者，驱而出之四海之外。及后王德薄，不能远有。则江、汉之间，尚皆弃之，以与蛮夷楚、越。况潮岭海之间去京师万里哉？鳄鱼之涵淹卵育于此，亦固其所。今天子嗣唐位，神圣慈武。四海之外，六合之内，皆抚而有之。况禹迹所揜，扬州之近地，刺史、县令之所治，出贡赋以供天地宗庙百神之祀之壤者哉？鳄鱼其不可与刺史杂处此土也。

刺史受天子命，守此土，治此民。而鳄鱼睅然不安溪潭，据处食民畜、熊、豕、鹿、麞，以肥其身，以种其子孙。与刺史亢拒，争为长雄。刺史虽驽弱，亦安肯为鳄鱼低首下心，伈伈睍睍，为民吏羞，以偷活于此邪？且承天子命以来为吏，固其势不得不与鳄鱼辨。

鳄鱼有知，其听刺史言！潮之州，大海在其南。鲸、鹏之大，虾、蟹之细，无不容归。以生以食，鳄鱼朝发而夕至也。今与鳄鱼约：尽三日，其率丑类南徙于海，以避天子之命吏。三日不能，至五日。五日不能，至七日。七日不能，是终不肯徙也，是不有刺史听从其言也。不然，则是鳄鱼冥顽不灵，刺史虽有言，不闻不知也。夫傲天子之命吏，不听其言，不徙以避之，与冥顽不灵而为民物害者，皆可杀！刺史则选材技吏民，操强弓毒矢，以与鳄鱼从事，必尽杀乃止。其无悔！

《见字如面》入选信件文档 编号 004

让他活在我的歌里吧

蔡琴写给媒体
2007 年 7 月 2 日

蔡琴（1957—），著名女歌手。发行唱片五十余张，同时亦涉足广播、写作、电影、服装设计、主持等领域。她的歌声，低回婉转，淳厚沉稳，极富感染力，有着古典的浪漫和优雅的感伤。

杨德昌（1947—2007），著名电影导演及编剧。代表作品《恐怖分子》《牯岭街少年杀人事件》分别获得第二十三和第二十八届台湾金马奖，《一一》获戛纳电影节最佳导演奖。2007 年杨德昌获得金马奖终身成就奖。1984 年，杨德昌拍摄《青梅竹马》，女主角正是蔡琴。1985 年，情投意合的二人走进了婚姻殿堂。在之后近十年间，人们很容易在杨德昌作品里发现蔡琴的影子，从《恐怖分子》结尾的歌声到《独立时代》的美工。1995 年，杨德昌向蔡琴坦白爱上了钢琴家彭铠立。蔡琴和杨德昌结束了十年的无性婚姻。杨德昌对这段婚姻的结论是"十年感情，一片空白"。而蔡琴则答："我不觉得是一片空白，我有全部的付出。" 2007 年杨德昌因病辞世，媒体期待作为前妻的蔡琴如何反应。于是第二天，蔡琴便写了这封公开信，以表达自己作为逝者前妻、朋友和电影观众的多重感怀。

2007 年 7 月 1 日，星期天，电视播了一整天，我也看了一整天：杨德昌就这么走了⋯⋯

电话录音里数不清的媒体留言，都希望我回电；这个时候，叫我说什么？！

说什么也说不清楚我的五味杂陈，就算说清楚，又为什么呢？！

而所有人却急着要一篇"前妻的反应"！！

蔡琴

从一天最初的简短快讯，然后经过中间不断地增加数据、周边访问、调画面……到一天的结束，我的名字一直连着他的逝世消息……

回想当初，从我确知彭铠立和他的恋情，到决定当机立断成全他们，再到办完离婚手续，甚至到今天他去世，我的每一阶段似乎都得摊在镜头下……

而今天，我怎么告诉外头，我都还来不及感受呢？！

直到一天将尽，从电视上，我已看过他那被重复了又重复的身影后，一阵强烈而尖锐的刺痛，才刺醒了我的感觉！

深埋在我心底，长久不愿再去回想曾经对他的记忆，突地袭上来；我脱口轻喊出一句：杨德昌！你怎么可以这样就走了呢？！

跪在《圣经》前，我为他的灵魂急求，求主以神自己的名领导他走义路，让他行过死神的幽谷也不怕遭害……

我感谢主在他生命结束前，是与他的最爱在一起，我抬起不停涌上泪水的眼睛，坚定地告诉上帝：我可以站起来！

我深深地感谢上帝，让我与他轰轰烈烈地爱过……

我安静地、肯定地用手拭摸着夹在《圣经》中的小十字架；闭上眼，再感受一次这曾经的爱情……一次比一次平静、勇敢。

细数他一生共完成了八部电影，在我们生命联集的十年中，我竟见证了一半……

作为一个曾经的伴侣，我们一起年轻过、奋斗过。

作为一个女人，他给我的寂寞多过甜蜜。

作为一个观众，我们痛失一个锐利的记录者。

时间会给他所有的作品一个公道，他的付出不会寂寞！

至于我们所有过往的点滴，我自己品尝，就当作我活着时永远的秘密，随着他的逝去与世长辞。

杨德昌

你多么需要他那点草莽精神

黄永玉写给曹禺

1983 年 3 月 20 日

黄永玉（1924—　），著名画家、作家。中国画院院士。曾任瓷场小工、小学教员、中学教员、家众教育馆员、剧团见习美术队员、报社编辑、电影编剧及中央美术学院教授、中国美协副主席。"文革"期间，被"四人帮"指控为反动学术权威受到批判。而后，又因为在北京饭店画了一幅《猫头鹰》遭到残酷迫害，被遣送回家乡凤凰。"四人帮"倒台后回北京。

曹禺（1910—1996），原名万家宝，中国现代话剧史上成就最高的剧作家。作为中国新文化运动的开拓者之一，与鲁迅、郭沫若、茅盾、巴金、老舍齐名，被誉为"中国的莎士比亚"。其早期代表作品有《雷雨》《日出》《原野》《北京人》。历任中国文联执行主席，中国戏剧家协会主席，中央戏剧学院名誉院长，北京人民艺术剧院院长等职务。后期作品有《明朗的天》《胆剑篇》《王昭君》等。

1983 年，历经劫难的黄永玉和曹禺两位大师重逢。性格刚直、执着艺术、固守原则的黄永玉，以令人意外的直率内容，给曹禺写了这封探讨艺术创作的信。

家宝公：

　　来信收到。我们从故乡回京刚十天，过一周左右又得去香港两个月，约莫六月间才转得来，事情倒不俗，只可惜空耗了时光。

　　奉上拙诗一首，是类乎劳改的那三年的第一年写的，《诗刊》朋友问我要近作，而目下毫无诗意抒发，将信将疑从匣中取出这首给他看，却说好。人受称赞总是高兴。但这诗不是好，是公开的私事满足了人的好奇心而已。不过我老婆是衷心快意的，等于手臂上刺着牢不可破的对她的忠贞，让所有的朋友了解我当了三十六年的俘虏的确是心甘情愿。歌颂老婆的诗我大概可以出一个厚厚的集子了。只可惜世界上还没有这么一个禁得起肉麻的出版社。

说老实话，真正地道的情诗、情书、情话，怎么能见得人？伟大如鲁迅特精熟此道，说是"两地书"，买的人图神奇，打开看来却都是正儿八经，缺乏爱情的香馥之感。全世界若认真出点这种东西，且规定人人必读的话，公安局当会省掉许多麻烦。人到底太少接触纯真的感情了。

曹公曹公！你的书法照麻衣神相看，气势雄强，间架缜密，且肯定是个长寿的老头，所以你还应该工作。工作，这两个字几十年来被污染成为低级的习俗。在你的生涯中，工作是充满实实在在的光耀，别去理那些琐碎人情、小敲小打吧！在你，应该"全或无"；应该"良工不示人以朴"。像萧·伯纳，像伏尔泰那样，到老还那么精确，那么不饶点滴，不饶自己。

在纽约，我在阿瑟·米勒家住过几天，他刚写一个新戏《美国时间》，我跟他上排练场去看他边拍边改剧本，那种活跃，那种严肃，简直像鸡汤那么养人。他和他老婆，一位了不起的摄影家，轮流开车走很远的公路回到家里，然后一起在他们的森林中伐木，砍成劈柴。米勒开拖拉机把我们跟劈柴一起拉回来。两三吨的柴啊！我们坐在米勒自己做的木凳、饭桌边吃饭。我觉得他全身心的细胞都在活跃。因此，他的戏不管成败，都充满生命力。你说怪不怪：那时我想到你，挂念你，如果写成台词，那就是："我们也有个曹禺！"但我的潜台词却是你多么需要他那点草莽精神。

你是我的极尊敬的前辈，所以我对你要严！我不喜欢你解放后的戏。一个也不喜欢。你心不在戏里，你失去伟大的灵通宝玉，你为势位所误！从一个海洋萎缩为一条小溪流，你泥溷在不情愿的艺术创作中，像晚上喝了浓茶清醒于混沌之中。命题不巩固，不缜密，演绎、分析得也不透彻。过去数不尽的精妙

黄永玉

的休止符、节拍、冷热、快慢的安排，那一箩一筐的隽语都消失了。

谁也不说不好。总是"高！""好！"。这些称颂虽迷惑不了你，但混乱了你，作践了你。写到这里，不禁想起莎翁《麦克白》中的一句话："醒来啊麦克白，把沉睡赶走！"

你知道，我爱祖国，所以爱你。你是我那一时代现实极了的高山，我不对你说老实话，就不配你给予我的友谊。

如果能使你再写出二十个剧本需要出点力气的话，你差遣就是！艾吕雅有两句诗，诗曰："心在树上，你摘就是！"

信，快写完了，回头一看，好像在毁谤你，有点不安了。放两天，想想看该不该寄上给你。

祝你和夫人一切都好！

晚　黄永玉　谨上

三月二十日

我还想到，有一天为你的新作设计舞台。

永玉　又及

我还想贡献给你一些杂七杂八的故事，看能不能弄出点什么来！

永玉　又及

但愿迷途未远，还能追回已逝的光阴

曹禺写给黄永玉

1983年4月2日

十多天后，收到黄永玉信的曹禺，恭敬地把这封信装裱、收藏起来，并从上海给黄永玉写了封坦诚的回信。

两位艺术大师的精神境界，至此完美体现。

永玉大师：

收到你的信和歌颂你的充溢美的一切的夫人的长诗。好像一个一无所有的穷人突然从神女手里得到不可数量的珍宝，我反复地看，唤出我的妻女一同看，一块儿惊奇上天会给人——毫无预感地给了我这样丰满、美好、深挚、诚厚的感情。

我确没想到你会写给我这样一封长信，这样充满了人与他所爱的那样深厚的情诗，我一生仅看见这一首。

这首诗有太多真诚的诗句，要人背诵，背诵不出，就渴望一读再读。我读一段，便立起在小屋里踱一遍，又读，又管不住站起来来回踱着轻快的步子。它给我无限的幻想，想着你和她如何相遇，如何眷念，如何相慰，如何一步步踏上生活的艰难而又甜美的道路。这首诗有至性，也就有至理：

你常常紧握着我这和年龄完全不相称的粗糙的大手，

母性地为这双大手的创伤心酸。

我多么珍惜你从不过分的鼓励，

就像我从来不称赞你的美丽一样。

要知道，一切的美，

都不能叫出声来的啊！

你和你的夫人大约想象不出，一个七十三岁的人会对你们的情诗如此敬重，如此羡慕，我只想再引一段来遏止我的过分的喜悦之情：

中年是满足的季节啊！

让我们欣慰于心灵的朴素和善良，

我吻你，

吻你稚弱的但满是裂痕的手，

吻你静穆而勇敢的心，

吻你的永远的美丽，

因为你，

世上将流传我和孩子们幸福的故事。

关于你这首诗，我可以更多地引下去，更好地谈讲它是多么打动我，又多么是我想遇多年、终于见到的情诗。

你鼓励了我，你指责我近三十年的空洞，"泥溷在不情愿的艺术创作中"。这句话射中了要害，我浪费"成熟的中年"到了今日——这个年纪，才开始明白。

你提到我那几年的剧本，"命题不巩固，不缜密，演绎、分析得也不透彻"，是你这样理解心灵的大艺术家，才说得这样准确，这样精到。我现在正在写一个剧本，它还泥陷于几十年前的旧烂坑里，写得太实也陈腐，仿佛只知沿着老

文化生活出版社 1936 年版
《雷雨》书影

文化生活出版社 1951 年版
《日出》书影

文化生活出版社 1950 年版
《原野》书影

曹禺及其早期作品

道跋涉，不知回头是岸，岸上有多少新鲜的大路可走。你叫我："醒来啊，把沉睡赶走！"

我一定！但我仍在蒙眬半醒中，心里又很清楚我迷了道，但愿迷途未远，我还有时间能追回已逝的光阴。天下没有比到了暮年才发现走了太多的弯道，更可痛心的。然而指出来了就明白了，便也宽了心，觉得还有一段长路要赶，只有振作起来再写多少年报答你和许多真诚的朋友对我指点的恩德。永玉，你是一个突出的朋友，我们相慕甚久，但真见面谈心，不过两次。后一次还有别的朋友似乎在闲聊，我能得你这般坦率、真诚的言语是我的幸福，更使我快乐的是我竟然在如此仓促的机遇中得到你这样的诚真见人的友人。

你说我需要阿瑟·米勒的草莽精神，你说得对。他坚实，沉肃，亲切，又在他深厚的文化修养中时时透出一种倔强，不肯在尘俗中屈服的豪迈气概。

我时常觉得我顾虑太多，又难抛去，这已成了痼习，然如不下决心改变，所谓自小溪再汇为沧海是不可能的。

你像个火山，正在突突喷出白热的火岩，我在你身边，是不会变冷的。你说要写二十个剧本，如果我真像你举出的那种巨人，我是会如数写出的。不过，有你在身旁督促我，经常提醒我，我将如你所说"不饶点滴，不饶自己"。

你的画，你的"常在夜晚完成的收获"，世间有多少人在颂扬，用各种语言来赞美，"我再添什么是多余的"，我更敬重的，我更喜欢的是你的人性，你的为人，你的聪敏才智、幽默感，你的艺术与文章，是少见的。但真使我惊服的是你经过多少年来的磨难与世俗的试探，你保持下你在"一个明亮的小窗口下"的纯朴与直率。

大约任何有天赋、有真正成就的人，必须有纯真和质朴，否则不可能成为一个伟大的艺术家。永玉，我是多么羡慕多么敬重你的朴实与坦率。你的真挚的热情使我惊异，使我感谢上天给人的多么可爱的赐予，多么可爱的品质。

我知道你不多，然即便那一次谈话，这一封长信，这一首长诗，我明白我现在想起的，是多么令人尊敬的一个人。

我终将有所求于你的。你引过的诗："心在树上，你摘就是。"日后，我们会见面，我们将长谈，不仅是你说的"杂七杂八"的故事，更多谈谈你的一生，你的习惯、爱好、得意与失意，你的朋友、亲戚、师长、学生，你所厌恶的人，你所喜欢的人，你的苦难与欢乐。一句话，我多想知道你，明白你。当然，这要等你工作之余，你有兴致的时候。

我很想一直写下去，却我也感到自己唠叨了。

有一件事想告诉你，读了你的信，我告诉我的女儿李如茹到街上买一个大照相簿来。她很快买到了，你的长信已经一页一页端正地放在照相簿里。现在我可以随时翻，在我疲乏时，在我偶尔失去信心时，我将在你的信里看见了火辣辣的词句，它将促我拿起笔再写下去；在我想入歪道，又进入魔道，"为势位所误"时，我将清醒再写下去！

确实，我还有话可讲。我可以讲到半夜。但我的老婆说我不爱惜自己，刚病好，又扑在桌上写起没完了。

你的长信来时，我正上吐下泻，体虚气短。其实只是吃坏了。你的信给了我一股劲，我要活下去，健康地活下去，为了留下点东西给后代。但是目前这个剧本是庸俗的，可能下一个剧本要稍如意些。请问候你的夫人和那"两个年轻水手"，感谢你，我的朋友，我的永玉大师。

曹禺

一九八三年 四月二日

（如本人已离京，可否转给他，或留在家里等他回来。）

《甜蜜蜜》这首歌，是我录唱最快的

邓丽君写给庄奴

1979 年

邓丽君（1953—1995），华语流行歌坛第一位具有国际影响力的歌手，她用一种文化形态影响了不止一代人的生活，其代表作品《甜蜜蜜》《小城故事》《我只在乎你》《月亮代表我的心》等歌曲，至今仍是中华民族音乐经典。

庄奴（1922—2016），台湾词作家。写词 50 载，作品超过 3000 首，其中以邓丽君演唱的《甜蜜蜜》《小城故事》等广为流传。

邓丽君说："没有庄奴就没有邓丽君。"庄奴说："没有邓丽君就没有庄奴。"邓丽君演唱的歌曲中，百分之八十的歌词出自庄奴之手。但在歌曲之外，两人仅有一面之缘。他们创作之外的交流主要是通过书信。这封信，是邓丽君当年在录制完《甜蜜蜜》之后写给庄奴的。

老师:

在这次的来信中，您谈到一些演唱方面的问题，也谈到录音时应注意的事宜。这些微末的细节您都替我操心，由此可见您和一般的老师不同。虽然您和我并不见面,但是我觉得不见面比常在一起还近。您确实是一位如同父辈的长者。

在舞台上，面对的观众越多，越发地激起我勇

邓丽君

于向上奔放的情绪。掌声越多，越叫我要全力以赴地唱好每一首歌。但是在录音间里，却仿佛是一座小小的城堡，将自己孤立了起来，没有掌声，没有喝彩的声音，一切都静悄悄的。当音乐响起，才引发出我的歌声。这时候琴声、歌声，与自己的心声共鸣，好像睡梦初醒，催促着我走进大众。

舞台与录音间，都是战场，我要在每次演唱和录音中都去赢得胜利。老师，我这样说，您高兴吗？我很少和旁人谈起演唱的录音的事，而您对我说起这些，使我觉得好像找到了谈心的人。

小的时候，听大人们谈起明星、歌星、舞星。这些星，真的像天上的星，距离我那么远，远得遥不可及。而现在呢，我也被人列入歌星的行列，反而觉得平淡无奇。倒是一种奉献的压力，迫使自己不敢松懈。如何唱好歌，怎样把歌唱好，常常摆在心里。这种心理，只是告诉我自己，要把欢乐带给大众。

小的时候，虽然也有人指导我怎样唱歌，但那时好像还是停留在业余阶段。直到和唱片公司签约，走进录音室，才真正被严格要求把每首歌都唱好，甚而要将每句词、每个字的发音都唱准确，要注意情感的强弱、高低，节拍的快慢。唱流行歌唱得好不容易，作曲家汤尼、古月、刘家昌等老师，在录音时都很严肃，或许这就应了那句话：严师出高徒。

今天给您写得太多了些，若是占用了您太多的时间，请您多多原谅。不过和您在信中聊聊天是种快乐，让我有种满足感，有时也有种进步的收获。

最后还要告诉您，《甜蜜蜜》这首歌，是我录唱最快的，也是我最满意的。我这样讲，不是夸大我自己，吹嘘我自己。我另外的含意，是在表彰您的词填得太好、太完美，显而易见，您写词、填词的功力，已到了极高的境界。

好啦，就此停笔吧。

敬祝您老人家身体健康！

　　　　　　　　　　　　　　　　　　　　　您的学生 小丽于灯下

庄奴

在时间之河的另一端

刘慈欣写给女儿

2013 年 5 月 24 日

刘慈欣(1963—),著名科幻作家。代表作有长篇小说《超新星纪元》《球状闪电》《三体》三部曲等,凭借《三体》获第七十三届世界科幻大会雨果奖最佳长篇小说奖。刘慈欣的作品在令人感到宏大辉煌、难以把握的同时,又有着在逻辑和细节上的认真,令读者感到无比的震撼。

2013 年,刘慈欣给自己的女儿写了一封信,并设定女儿在二百多年之后才能看到这封信。信件内容再次令读者感到无比的震撼。

亲爱的女儿:

你好!这是一封你可能永远收不到的信,我将把这封信保存到银行的保险箱中,在服务合同里,我委托他们在我去世后的第二百年把信给你。不过我还是相信,你收到信的可能性更大一些。

现在你打开了信,是吗?这时纸一定是比较罕见的东西了,这时用笔写的字一定消失已久,当你看着这张信纸上的字时,爸爸早已消逝在时间的漫漫长夜中,有二百多年了。我不知道人的记忆在两个多世纪的岁月中将如何变化，经过这么长的时间，我甚至不敢奢望你还记得我的样子。

但如果你在看这封信，我至少有一个预言实现了：在你们这一代，人类征服了死亡。在我写这封信的时候已经有人指出：第一个永生的人其实已经出生了，当时我是相信这话的少数人之一。我不知道你们是怎么做到的，也许你们修改了人类的基因，关掉了其中的衰老和死亡的开关，或者你们的记忆可以数字化后上传或下载，躯体只是意识的承载体之一，衰老后可以换一个……我还可以想出其他很多种可能，但有一点可以肯定：不管你们的生命已经飞跃到什么样的形态，你还是你，甚至，在你所拥有的漫长未来面前，你此时仍然感觉自己是个孩子。

你收到这封信，还说明了一个重要的事实：银行对这封信的保管业务一直在正常运行，说明这两个多世纪中社会的发展没有重大的断裂，这是最令人欣慰的一件事，如果真是这样，那我的其他的预言大概也都成为了现实。在你出生不久，在我新出版的一本科幻小说的扉页上，我写下了："送给我的女儿，她将生活在一个好玩儿的世界。"我相信你那时的世界一定很好玩儿。

你是在哪儿看我的信？在家里吗？我很想知道窗外是什么样子。对了，应该不需要从窗子向外看，在这个超信息时代，一切物体都能变成显示屏，包括你家的四壁，你可以随时让四壁消失，置身于任何景致中……

你可能已经觉得我可笑了，就像一个清朝的人试图描述二十一世纪一样可笑。但你要知道，世界是在加速发展的，二十一世纪以后，二百多年的技术进步相当于以前的两千多年，甚至更长的时间，所以我不是像清朝人，而是像春秋战国的人想象二十一世纪那样想象你的时代，在这种情况下，想象力与现实相比将显得极度贫乏。但作为一个写科幻小说的人，我想再努力一下，也许能使自己的想象与你所处的神话般的现实沾一点边。

好吧，你也许根本没在看信，信拿在别人手里，那人在远方，是他（她）在看我的信，但你在感觉上同自己在看一样，你能够触摸到信纸的质地，也能嗅到那两个多世纪后残存的已经淡到似有似无的墨香……因为在你的时代，互联网上联结的已经不是电脑，而是人脑了。信息时代发展到极致，必然实现人脑的直接联网。你的孩子不用像你现在这样辛苦地写作业了，传统意义上的教育已经不存在，每个人都可以在联入网络的瞬间轻易拥有知识和经验。但与人脑互联网带来的新世界相比，这可能只是一件微不足道的事，那将是怎样一个世界，我真的无法想象了，还是回到我比较容易把握的话题上来吧。

说到孩子，你是和自己的孩子一起看这封信吗？在那个长生的世界里，还会有孩子吗？我想会有的，那时，人类的生存空间应该已经不是问题，太阳系中有极其丰富的资源，如果地球最终可以养活一千亿人，这些资源则可以维持十万个地球，你们一定早已在地球之外建立新世界了。

你家的周围应该很空旷，远处稀疏的建筑点缀在绿色的大自然中。城市化可能只是一个历史阶段，信息网络的发展最终将使城市变得越来越分散，最终消失，人们将再次与大自然融为一体，但网络上的虚拟城市将更加庞大和密集，如果你愿意，随时都可以置身于时尚的中心。

那时的天空是什么样子？天空是人类所面对的最恒久不变的景致，但我相信那时你们的天空已经有了变化，空中除了日月星辰，还能看到一些别的东西，地球应该多出了一条稀疏的星环，地球上所有的能源和重工业都已经迁移到太空中，那些飘浮的工厂和企业构成了星环。从地面上看，那些组成星环的东西有些能看出形状，像垂在天空上的精致的项链坠，那是太空城，我甚至能想出他们的名字：新北京、新上海和新纽约什么的。

也许你现在已经不在地球上了，你就在一座太空城中，或者在更远的地方。我想象你在一座火星上的城市中，那城市处于一个巨大的透明防护罩里，城外是一望无际的红色沙漠。你看着防护罩外的夜空，看着夜空一颗蓝色的星星，你是从那里来的，二百多年前我们一家也在那里生活过。

你的职业是什么？你所在时代应该只有少数人还在工作，而他们工作的目的已经与谋生无关。但我也知道，那时仍然存在着许多需要人去做的工作，有些甚至十分艰险。比如火星，其环境不可能在两个多世纪中地球化，在火星的荒漠中开拓和建设肯定是艰巨的任务。同时，在水星灼热的矿区，在金星的硫酸雨中，在危险的小行星带，在木卫二冰冻的海洋上，甚至在太阳系的外围，在海王星轨道之外寒冷寂静的太空中，都有无数人在工作着。你当然有权选择自己的生活，但如果你是他们中的一员，我为你而骄傲。

在你们的时代，我相信有一个一直在想象中存在的最伟大的工作或使命已经成为现实，它的艰巨和危险，它所需要的献身精神，在人类历史上是史无前例的，那就是恒星际的宇宙航行。我相信在你看到这封信的时候，第一艘飞向其他太阳的飞船已经在途中，还有更多的飞船即将启航，对飞船上的探索者来说，这都是单程航行，虽然他们都有很长的寿命，但航程更加漫长，可能以千年甚至万年来计算。我不想让你生活在一艘永远航行中的飞船上，但我相信这样的使命对你会有吸引力的，因为你是我的女儿。

你在那时过得快乐吗？我知道，每个时代都有自己的烦恼，我无法想象你们时代的烦恼是什么，却能够知道你们不会再为什么而烦恼。首先，你不用再为生计奔忙和操劳，在那时贫穷已经是一个古老而陌生的字眼；你们已经掌握了生命的奥秘，不会再被疾病所困扰；你们的世界也不会再有战争和不公正。但我相信烦恼依然存在，甚至存在巨大的危险和危机，我想象不出是什么，就像春秋战国的人想象不出地球温室效应一样。这里，我只想提一下我最担心的事情。

你们遇到 TA 们了吗？

你知道我指的是什么，人类与 TA 们的相遇可能在十万年后都不会发生，也可能就发生在明天，这是人类所面临的最不确定的因素。我写过一部关于人类与 TA 们的科幻小说，那部书一定早已被遗忘，但我相信你还记得，所以你一定能理解，关于未来，这是我最想知道的一件事。你们已经与 TA 们相遇了吗？虽然我早已听不到你的回答，但还是请你告诉我一声吧，只回答是或不是就行。

亲爱的女儿，现在夜已经深了，你在自己的房间里熟睡，这年你十三岁。听着窗外初夏的雨声，我又想起了你出生的那一刻，你一生出来就睁开了眼睛，那双清澈的小眼睛好奇地打量着这个世界，让我的心都融化了，那是二十一世纪第一年的五月三十一日，儿童节的前夜。现在，爸爸在时间之河的另一端，在二百多年前的这个雨夜，祝你像孩子一样永远快乐！

爸爸

2013.05.24

刘慈欣

现在，齐国的皇帝准许
我回到你身边

代阎姬写给儿子宇文护

公元 557 年 南北朝时期

宇文护（515—572），南北朝时期北周权臣。性情暴戾，曾接连杀掉三个皇帝，权倾朝野。《周书》上说他寡于学术，昵近群小，威福在己，征伐自由。但也说他非常孝顺。母亲阎姬在战争中与家人失散，被北齐幽禁为人质。宇文护一直派人打探，三十年未获音讯。直到北周准备征伐北齐，齐王利用宇文护孝顺的特点，希望以放还其母换来和平，专门派人代阎姬执笔写下了这封《为阎姬与子宇文护书》。怕宇文护多疑，信中专门写到很多只有阎姬和宇文护才知道的细节，并把宇文护小时候穿过的一件衣服也随信带去。后来母子团聚，宇文护果然在出兵北齐时不大情愿，并有意拖延致使战事失败。

三十年了，你我母子天各一方，音讯全无，死生未知。相互的思念无处安放，那种肝肠寸断的痛苦是任何人都无法承受的。我十九岁嫁到你家，现在已经八十岁了。我这一生遭遇了太多的战乱，备尝艰辛，一直希望你们兄弟能长大成人，能过上一天安乐的日子。没想到前世造孽，我生了你们三儿三女，死的死，散的散，眼前连一个人也看不见。写到这里，只觉得悲凉入骨。

幸好有齐国的皇帝照顾着我们，我的晚年还算不错。饮食起居没什么问题，就是有点耳背，说话得大声才能听见。现在齐国的皇帝开恩，准许我回到你身边，还让我先写封信，我这么多年郁结在心的悲痛一下子就化开了。如此大恩大德，无以为报。

我和你分别的时候，你的年纪很小。以前家里的事，可能没人跟你说过。过去咱们家住在武川镇。我生下你们兄弟，大的属鼠，老二属兔，你属蛇。鲜于修礼起兵的时候，我们一家老小跟着军队走到唐河，被定州的官军打败了，你爷爷和二叔战死了。两个婶婶加上她们的两个儿子，再加上你我，一共六七十人被抓住，那个带队的看见你还说："我见过你爷爷，你跟他长得真像。"在押往京城的半路上，我们夜宿同乡姬库根家。是茹茹出去报了信。第二天一早，你叔叔就带着兵把我们全都救了出来。那一年，你十二岁。行军时和我骑在一匹马上，你还记得这些事吗？

后来，我和你一起住在受阳。你跟元宝、菩提加上姑姑的儿子贺兰盛洛，你们四个人是同学。老师姓成，又严厉又凶恶，老是欺负你们。你们几个就商量着想杀了老师。我和你婶婶们听说了，各自抓了自己的儿子痛打。只有贺兰盛洛没有妈妈，所以就他一个人没挨打。后来，你叔叔从关西派了下人来富接你们，走的时候你穿着红色的绫罗袍子，扎着银色的腰带，是和贺兰盛洛骑着一匹骡子走的。盛洛比你小，你们几个都叫我妈妈。这些事情，你该是记得很清楚吧。现在，我把你小时候穿的一件丝织袍子寄给你。你仔细看看，这么多年我就是对着它流着泪思念你的。

现在，我们有了千载难逢的运气，碰上齐国的皇上开恩，准许我们重逢。能有这样的机会，我就是死了也要抓住。更何况现在已经没有什么能够阻止我们相见了。这喜悦对于我，就好像死而复生一般。世界上所有的东西，你只要想要别人都能给你。但是受制于不同国家的母子想要团聚，只能珍惜别人给你的机会。就算你贵极王公、富过山海，但是你有一个老妈妈，八十岁了，远在千里之外，说不定哪天就死了，却不能见上一面，不能相处一天，冷了穿不上你送来的衣服，饿了吃不上你送来的食物，你就是再怎么荣华富贵光耀世间，对你又有什么用，对我又有什么好呢？今天以前，我没吃过你一口饭，但过去的事我不会挑理。从今往后，我风烛残年的老命，就全在你手上了。苍天大地，万物鬼神，你可不能当它们是傻子，千万不能欺骗和辜负了它们。

你姑姑已经冒着酷暑先回去了。关山路远，你我隔绝多年，这封信要是依着通常的写法，怕你会有猜疑，所以写了很多让你可以确认的事情，又签上了我的姓名。你要明白我的用心，不要觉得其中有诈。

原文

为阎姬与子宇文护书

天地隔塞，子母异所，三十余年，存亡断绝。肝肠之痛，不能自胜。想汝悲思之怀，复何可处。吾自念十九入汝家，今已八十矣。既逢丧乱，备尝艰阻，恒冀汝等长成，得见一日安乐，何期罪衅深重，存殁分离。吾凡生汝辈三男三女，今日目下，不睹一人。兴言及此，悲缠肌骨。赖皇齐恩恤，差安衰暮。又得汝杨氏姑及汝叔母纥干、汝嫂刘新妇等同居，颇亦自适，但为微有耳疾，大语方闻。行动饮食，幸无多恙。今大齐圣德远被，特降鸿慈，既许归吾于汝，又听先致音耗，积稔长悲，豁然获展。此乃仁俸造化，将何报德。

汝与吾别之时，年尚幼小，以前家事，或不委曲。昔在武川镇，生汝兄弟，大者属鼠，次者属兔，汝身属蛇。鲜于修礼起日，吾之阖家大小，先在博陵郡住。相将欲向左人城，行至唐河之北，被定州官军打败。汝祖及二叔，时俱战亡。汝叔母贺拔及儿元宝，汝叔母纥干及儿菩提，并吾与汝六人，同被擒捉入定州城。未几间将吾及汝送与元宝掌。贺拔、纥干各别分散。宝掌见汝，云："我识其祖翁，形状相似。"时宝掌营在唐城内。经停三日，宝掌所掠得男夫、妇女可六七十人，悉送向京。吾时与汝同被送。限至定州城南，夜宿同乡人姬库根家。茹茹奴望见鲜于修礼营火，语吾云："我今走向至本军。"既至营，遂告吾辈在此。

明旦日出，汝叔将兵邀截，吾及汝等，还得向营。汝时年十二，共吾并乘马随军，可不记此事缘由也？

于后吾共汝在受阳住。时元宝、菩提及汝姑儿贺兰盛洛，并汝身四人同学。博士姓成，为人严恶，汝等四人谋欲加害。吾共汝叔母等闻之，各捉其儿打之。唯盛洛无母，独不被打。其后尔朱天柱亡岁，贺拔阿斗泥在关西，遣人迎家，累时，汝叔亦遣奴来富迎汝及盛洛等。汝时着绯绫袍、银装带，盛洛着紫织成缬通身袍，黄绫里，并乘骡同去。盛洛小于汝，汝等三人并呼吾作"阿摩敦"。如此之事，当分明记之耳。今又寄汝小时所著锦袍表一领。至宜检看，知吾含悲戚多历年祀。

属千载之运，逢大齐之德，矜老开恩，许得相见。一闻此言，死犹不朽。况如今者，势必聚集。禽兽草木，母子相依。吾有何罪，与汝分离。今复何福，还望见汝。言此悲喜，死而更苏。世间所有，求皆可得。母子异国，何处可求。假汝位极王公，富过山海，有一老母，八十之年，飘然千里，死亡旦夕，不得一朝暂见，不得一日同处，寒不得汝衣，饥不得汝食，汝虽穷荣极盛，光耀世间，汝何用为？于吾何益？吾今日之前，汝既不得申其供养，事往何论。今日以后，吾之残命，唯系于汝。尔戴天履地，中有鬼神，勿云冥昧，而可欺负。

汝杨氏姑，今虽炎暑，犹能先发。关河阻远，隔绝多年，书依常体，虑汝致惑。是以每存款质，兼亦载吾姓名。当识此理，不以为怪。

《见字如面》入选信件文档 编号 010

本来皇上还想照顾我

林则徐写给夫人郑淑卿

1841 年

林则徐（1785—1850），晚清政治家、思想家。1838 年，由于中国鸦片肆虐，清政府派林则徐为钦差大臣，前往广东禁烟。1839 年 6 月 3 日起，林则徐在虎门销毁没收的鸦片烟二百三十七万多斤，取得禁烟运动的胜利，并由此引发鸦片战争。英军攻打粤闽未能得逞，改攻浙江，定海失陷。道光皇帝惊恐中求和，归咎林则徐在广东"办理不善"，将他革职查办，并于 1841 年 5 月初，令林则徐以四品卿衔去浙江海关防守。然而同僚造谣说只有严惩林则徐英国才同意议和，随后，道光皇帝下令革除林则徐的四品卿衔，将其遣往新疆伊犁驻守边关。在去伊犁的途中，林则徐给远在陕西的夫人郑淑卿写了这封信。

　　英国这帮逆贼打到了浙江，攻占了定海，负责守卫边疆的大臣们都说这是我的错，因为我禁烟操之过急，也不该断绝了与英国的贸易，结果招得洋人闹事。我当的就是这么个官，自然不能推诿责任，就算是死了，也不会为自己辩护。我已经主动请求从严治罪，并乞求皇上能暂时网开一面，允许我戴罪前往浙江，在军中效力，用收复失地来弥补我的过错。后来我听说主管这件事的人畏洋人如虎，将要跟英国人议和，怕我去了浙江，必然会阻止议和而主张抵抗外辱。于是密报皇上，说英国人想议和，什么条件都好说，最恨的只是林则徐一人罢了。本来皇上还想照顾我，只给我降到四品官阶，让我去镇海军营效力赎罪，忽然看到这封密奏，立即颁发了新的谕旨，追回前命，改成让我去伊犁戍边了。

当时降职的文件，正好在文华殿王相国案头。忽又接到让我去谪戍的文件，相国怅然若失，转头对汤大人说："我不是为林则徐感到可惜，我是为天下后世难过。要是听任林则徐戍边伊犁，从此鸦片流毒内地，就永无肃清之日了。我辈身为相国，应当为万民留一线生计，恳请圣上收回让林则徐戍边的决定，批准他去浙江立功。"汤大人理解了相国的意思，立即写了折子上奏皇上。皇上说，林则徐是一个能干大事的人，现在他已经成了众矢之的，还是让他去伊犁吧。把塞外荒地好好整顿一番，有机会还可以叫他回来，不会误事。

两位大人竟然为了我的去留跟皇上力争，最终也没能改变圣上的决定。我到北京等着发落的时候，去拜见了王相国。相国把这事跟我说了，让我更觉得皇恩浩荡，虽肝脑涂地，不足以报万一。皇上深知我戆直成性，现在嫉恨我的人太多，难免不被人中伤。远戍伊犁，可以躲开这些是是非非。皇上如此用心良苦，就算是父母慈爱子女，也没有比这更体贴入微的了。

我已于初八日出京赴伊犁。当时有门生辈来送行，都为我打抱不平。看见我喜笑自若，一点也没有懊丧的样子，都很纳闷和惊讶。殊不知我此行出自天恩，从此可免被人交章责难，我高兴还来不及呢。夫人你因为怕应酬，不愿意住在北京而回到老家，这真是对身心都有益处。我这回真是出远门了，你我相隔数千里，写信也得一个月才能送到。请大家多多保重，千万别老是为我担心。

原文

英逆窜扰浙境，攻占定海，疆臣都归咎我禁烟操之过激，并不当断绝英夷之贸易，致启夷衅。职责所在，余固不敢逭罪，虽顶踵捐糜，亦不敢自惜，已自请从严治罪，并乞天恩暂宽一线，准予戴罪赴浙省，随营效力，以图克复，而赎前愆。即知在事者畏夷如虎，将与议和，恐我走浙，必梗和议而主御侮。遂附片密呈，谓英夷和议均堪迁就，所恨者林某一人耳。本则天恩高厚，命我以四品卿衔，赴镇海军营效力赎罪，忽览此密奏，立颁谕旨，追回前命，改为谪戍伊犁。

当时降职之命，适在文华殿王相国案头，忽又接到谪戍之命，相国爽然若失，旋语汤协揆曰：余不为林某惜，而为天下后世忧。若听林某谪戍，从此鸦片流毒内地，永无肃清之日矣。我辈身居宰辅，当为万民留一线生计，恳请圣上收为谪戍之命，准予赴浙立功。汤公甚韪其言，合辞而奏。圣上谓林某本属能办事人，现在已为众矢之的，还是让他伊犁去，将塞外荒地整顿一番。他时仍可唤他回来，未为晚也。

二公竟为我以去就力争，终未能挽回天意。余入京待罪时，请谒王相国，相国以此事见告，使余愈觉感激圣恩高厚，虽肝脑涂地，不足以报万一也。盖圣主知余戆直成性，现在嫉之者众，难保不被人中伤，远戍伊犁，可避人指摘。如此用心，虽父母之慈爱子女，亦无如是之体贴入微也。

余已于初八日出京赴伊犁；当时有门生辈来送行，咸为余代抱不平。见我喜笑自若，绝无斯些懊丧气，都切疑讶。殊不知余此行出自天恩，从此可免被人交章责难，能无乐乎！夫人因怕酬应，不愿居京寓，而归乡里，诚然与身心较为有益。余远去矣，暌违数千里，竹报须经月始达。诸宜自珍，幸勿以戍人为念。

《见字如面》入选信件文档 编号 011

其实爸妈也是装的

郑国强写给儿子郑艺

2010 年 12 月 14 日

2010 年 12 月，一对父子间"掏心窝子"的家书走红网络。写这两封信的是家住浙江丽水的郑国强和他的儿子郑艺。当时，即将大学毕业的郑艺正处在择业的人生节点，于是郑国强给儿子写了一封长长的家书。几天后，郑艺将父亲的信稍做处理后，连同自己的回信上传到网上，由此引发了一场全国范围内的热议。在这个每一天都有新事物出现的当下社会，父母与子女该如何相处和交流，成为所有人的新问题。

爸爸有些话想送给你。18 号是你 23 岁的生日，接下来这一年你也即将大学毕业走上工作岗位，爸爸有些话想送给你。先说一些一直以来你可能不知道的事。

在你四五岁的时候，你特喜欢把小鸡鸡往插座里塞。当时你真的把你妈吓坏了，她把你小鸡鸡能够到的插座全部用胶带封上。结果有一次，你居然爬上桌子把小鸡鸡往插孔里塞。你妈快急疯了，问我怎么办。我就弄了个打火机的打火器电了下你的手背，并严肃地告诉你把小鸡鸡插进插孔里比这要火凶一万倍。从此，你真的不再把小鸡鸡插进插孔里了，而是迷上了拿这个打火器电别人的小鸡鸡。我安慰你妈，电别人的总比电自己的好。

你一定有印象，在你初一某一次吃晚饭时，我把《金赛性学报告》放在桌上叫你拿回房间看。你妈说了句，鬼儿吊看这书干吗？还饭桌上拿出来，偷偷放你房间里就是了。当时你十分难为情地低下了头。

后来我看到《钱江晚报》采访你，你回忆这事时说，其实你是装的，你六年级暑假就看过了。我要告诉你，儿子，其实爸妈也是装的。你知道为什么爸爸要在那个时候给你看性书吗？是你妈早上洗到了你画地图的内裤，我们商量着是时候该给你性教育了。给你看书，你妈事先是知道的。她就是怕你难为情，才装自己也不好意思，好给你个台阶下。

所以，以后你工作了千万要记住，大人的心思你是看不透的，别老以为自己灵光，别人都是老傻，人犯傻的时候，往往自己不知道。

还有你高一或者高二那年？我记不清了。有一次你妈整理你的抽屉，翻出了避孕套，又把你妈吓坏了。问我这孩子小小年纪怎么就学坏了，这该怎么办？

我安慰她，这总比小时候把小鸡鸡插到插孔里要好吧？但你妈还是很急，问我怎么办，是没收了还是放回原处？我说，检查下生产日期，放到抽屉最上面来。

爸爸这么做就是想委婉地告诉你，你干的坏事爸妈都是知道的，所以没有照样放回原处。爸爸是主张你成年后再有性行为的，但你如果已经发生了，爸爸也不反对，你能用避孕套，爸爸很欣慰，这说明我们家性教育是很成功的，所以爸爸没有没收你的套。你妈着急爸爸很理解，当然爸爸不急，因为爸爸觉得就算急，也应该是女孩的爸妈急。

从小到大，对于你的爱好，爸爸从不干涉，小时候干涉过一回，干了爸爸这辈子最后悔的一件事，这个待会儿再说。

小学前你酷爱打麻将。你妈反对，我却赞同，我觉得打麻将不仅让你很早地学会了数数、加减和识字，而且还让你分清左右，大大开发了你的智力。到了三四年级的时候，你已练就了能用手盲摸出所有麻将牌。逢年过节，你就给亲戚朋友们表演。我觉得你很争脸，你妈觉得很丢人，这样下去你会变成赌棍。但事实证明，你现在对女孩子的兴趣远远超过麻将。

后来你学国际象棋，你妈不同意，觉得下棋那是跟遛狗钓鱼配套的老年人运动。年轻人应该学画画。后来你淘气，没去你哥那里学画画，天天摸到文化宫打台球。被你妈发现了，你妈很生气，叫我去台球店拎你回来。

我那次找你的时候，你正在帮老板跟一中年人打香烟。老板见了面夸你台球打得相当好，收你当小徒弟，说你在这一带打台球很有名。爸爸确实不懂台球，不知道老板是说真的还是帮你吹牛。但爸爸听了心里还是很高兴的。

但你妈不高兴，觉得打台球是小混混的运动，还不如让你去干老年人的运动。于是就让你学国际象棋去了。

后来爸爸知道丁俊晖以后，才悟过来原来打台球还能这么出息。如果时间能倒流，我愿意做一次丁爸爸，就算你不是真的丁俊晖，爸爸认了。反倒现在，我心里老觉得是不是把一台球神童砸自己手上了？后来你下国际象棋，半年后就拿了丽水市第一。爸爸很惊讶。觉得这次得吸取教训，好好培养你下棋。结果不知道为什么，你自己不要下了。你妈不同意，觉得这是一个特长应该继续培养，以后拿奖了搞不好中考、高考可以加分。当时爸爸就讽刺你妈，不知道是谁以前说这是老年人运动，没前途。虽然爸爸不知道你为什么不愿意继续下，但是我觉得，既然你不愿意了，逼你也没意思。

如果国际象棋这事，我还能说服你妈的话，那么你休学写小说这事，真的让我们家陷入了激烈的家庭矛盾。关于你休学写小说这事的成败得失有代沟，这很正常。你妈当初听到你不想读书想写小说，快疯了，骂你长这么大就没一次让她省心过。也骂我，都是我不闻不问纵容你自由发展给惯的。她觉得，小说什么时候都能写，但读书这玩意是不能停的，一旦休学在社会上混了一年，就直接成小混混不会回去读书了。就算回去读书，肯定静不下心来考大学。

我说，我相信你会的，因为你向爸爸承诺过只需要一年时间实现自己的理想，然后乖乖回去上课。

这个承诺的代价是我赌上了跟你妈的婚姻。你妈当时知道我支持你休学，闹着跟我离婚，爸爸压力很大。当然庆幸的是，你最后遵守了自己的承诺，用实际行动证明你没有变成小混混，还是上了大学。

你当时质问你妈，为什么不尊重你的理想？你现在长大了，再回过头来换位想一想，我们两父子尊重过你妈的理想吗？

是的。你妈没有理想。

我跟你妈结婚的时候，我就问过你妈的理想，你妈说，赚钱好好过日子呗，讲什么理想。你妈就是这么传统现实的小女人，干的活儿是相夫教子，把自己的个人价值依附在家庭上。作为一个独立的个体，她很可悲；但作为妻子和母亲，她很伟大。她只希望你能好好读书，考上好大学，找到好工作，娶个好老婆，然后生个胖儿子，接着为你的孙子操心。这就是她全部的理想。而你休学后，让她在一堆中年妇女吹牛自家儿子考了第几名时一点都插不上话。她觉得很没面子，她就是那种活在别人眼里的人，她是很累，但她一把年纪难不成我们俩还忍心强迫她改改价值观吗？

爸爸很理解你，休学那一年，你妈的整天唠叨和长辈们苦口婆心的劝说让你很烦躁，压力很大。其实爸妈何尝不是这样。在朋友同事、亲戚长辈面前，爸妈是不负责任的父母，没有把你劝回正道。你奶奶还直骂我毁了郑家唯一的香火，怎么对得起你死去的爷爷！

不过爸爸不后悔自己这个决定，因为我觉得这对你的人生来说，是一次很好的教育。它让你明白在这个世俗的社会，坚守理想的代价不仅仅需要一个人，还需要一群人。

爸爸可以毫不脸红地吹牛说，是爸爸的强大支撑了你实现理想。

我希望你以后也能成为这样的爸爸。

爸爸之所以能理解你的理想，懂你那句"很多理想年轻的时候不坚持，老了就力不从心了"，是因为爸爸就是活生生的力不从心的例子。

我二十九岁娶你妈,三十岁生了你。结婚的时候,住的房子是你妈单位分的,工资你妈是我的四倍。我是汽校毕业的,但不会修车不会开车,我只会拍照。因为穷,当时家里的姐妹们甚至你奶奶都看不起爸爸,认为爸爸不务正业,拍照发不了大财。在一群用钱来衡量人生价值的老傻面前,我懒得搭理她们,活在自己的世界里。靠着一百二十块钱的海鸥照相机,爸爸拍出了这辈子最优秀的作品,在国内外拿奖,真的养活了自己。

直到碰到你妈,有了你以后,我知道光养活自己是不够的,还得养家。虽然你妈丝毫不介意她赚钱来养家,但是我介意。爸爸没有抵挡住世俗的诱惑,妥协了,后来放下了照相机开舞厅、开冷饮店、开餐馆,我安慰自己,赚了钱还可以回来继续实现理想。但是爸爸低估了钱的力量。

钱让我们住进了大房子,钱让别人看得起我们,同样钱也糟蹋了爸爸最好的年华。爸爸曾经一度钻进钱眼里,除了赚钱,对别的一点都不感兴趣。等到后来觉得赚够了钱,该去重新拾起理想的时候,我悲哀地发现,已经找不到感觉了。我觉得自己很失败,难道我这一辈子勤勤恳恳努力下来就只是为了让当年的海鸥变成现在的尼康吗?就是为了当年睡街头拍照变成现在住高档酒店去拍领导开会吗?

爸爸曾经一度把自己的理想寄托在你身上。爸爸给你取名叫郑艺,就是希望你以后搞艺术。爸爸在你小时候,经常给你介绍照相机,看摄影杂志,但你只对麻将感兴趣。爸爸就强迫你每天听我给你上半小时的摄影课。最后的结果是你把柯达傻瓜机该装胶卷的地方拿着装水。爸爸很生气,当时,就给了你一巴掌。这就是爸爸最后悔的事……

在这个社会,理想太容易妥协,欲望太容易放大。

年轻的时候,爸爸立志要成为全世界最厉害的摄影家,后来退到成为全中国最厉害的,再后来退到全中国最厉害之一,再退到能在浙江省小有名气就好。

而欲望呢?最开始爸爸没有欲望,拍自己喜欢的,拍自己想拍的东西;后来觉得为了养活自己拍点自己不想拍的也没事;再后来为了能升官,多拍拍领导想拍的未尝不可；再后来只要能赚钱，不拍照也行。

原则就是这么一退再退，当退到某一天，我拿着相机卖力地拍着领导讲话，你妈打麻将拿着《大众摄影》垫桌脚，我就突然很鄙视自己。我这十几年都在干吗啊？所以，当你姨妈很鄙夷地说：当小学老师能赚几个钱？还不如跟着她开店倒房子。你很幼稚地说：赚钱不是我的理想。

爸爸不理解为什么你会喜欢上小学老师这个工作，就像我很惊奇你怎么能想得出《经典丽水话》里那么多的黄色小广告。不过爸爸喜欢看到你投入自己喜欢的事情中去，并过得快快乐乐。就像爸爸对着《老白谈天》说的那样，你爱干吗干吗，你想干吗干吗，自由发展，爸爸全力支持。

随着年龄的增长，你的很多想法会变得更成熟，比如不是所有妥协都是失败，有时候妥协是为了更大的坚持。

试想，如果你只是一个一线的小学老师，你最多只能改变一个班的孩子。但如果你是一个校长？一个教育局局长？自己开个学校？你想一想会不会造福更多孩子呢？

当然，爸爸不要求你二十几岁就明白这些道理。如果一个人从二十岁就开始妥协，做自己不喜欢的事只为了一心往上爬，那么到了爸爸这个年纪的时候，他绝对妥协成了浑蛋。

所以上次爸爸听你发表理想主义的长篇大论时，爸爸很震撼，你真的不是小孩子了，有自己的想法。爸爸当时说你不切实际，那是爸爸这个年纪的人本能的回答。后来爸爸睡觉前想了想，为什么很多人一听到理想主义的生活，连试都没有试过就断定自己做不到呢？甚至还要打击试图这么做的人？爸爸不知道为什么一不小心就成了这样的人。

爸爸知错就改，现在衷心希望你理想主义地活一辈子，也祝福你找到一个同样理想主义的女孩子。如果将来你妥协了，千万别以妥协为荣，也别给自己的妥协找借口，要懂得鄙视自己。

只有不断鄙视妥协的自己，才能坚守住做人的原则。只有不断反省梦想的价值，才不会让暂时的妥协变成永远的放弃。

唯独房子，一个男人要靠自己挣。最近你妈吵着要我一起拿钱出来买房子。她的理由是，一个男人结婚前父母不给他准备房子是很没面子的事。我已经明确告诉你妈了，你将来的房子，我一毛钱不会出，出得起也不会出。我觉得儿子买房不是父母的责任，就算有钱也不出钱给你买房也不是什么丢人的事。

但是如果你要创业，只要你有一个合适的想法，爸爸做你的股东；只要你想出国留学，爸爸愿意倾家荡产在你身上投资。

唯独房子，我觉得一个男人要靠自己挣。要么你自己一边理想主义地生活，一边挣够买房子的钱，要么就为了房子妥协你的理想，再要么就有本事找到一个跟你一样理想主义的人压根儿不需要买房。这种考验能让你人生变得丰富，并且帮助你长大。

还有顺带交代了后事。

如果我先你妈走，那么我希望你能把你妈接来跟你一起住，就像奶奶现在住我们家一样；如果你妈先我走，我绝不会跟你住，我雇个保姆去大港头租个房子一个人过。

我不需要你来赡养，你过得开心，能成家立业养好自己的孩子就是对我，也是对郑家最大的报答。如果以后有孙子，而且他喜欢摄影，这可能是我住到你家的唯一理由。

最后，从今年开始，以后每年给你爷爷上坟时，你走在最前头。如果你以后有了自己的房子，那么家里得供着你爷爷，租的房子就算了。

唠唠叨叨写了一沓，最后还得肉麻一下，你是爸爸的骄傲。

生日快乐！

一切顺利！

郑国强

2010 年 12 月 14 日

你的形象已荡然无存

郑艺写给父亲郑国强

2010 年 12 月 19 日

首先告诉你个事。

我把你写的信贴到了网上，结果感动了一大群小萝莉。你可以考虑一下，是不是别拍照，改行写男默女泪文算了。

不过，我对你揭露的那些我小时候的事表示强烈质疑与不满。

首先是小鸡鸡塞插座这事，我觉得这是你对我"赤果果"的诬蔑。

你这种仗着当事人年幼无知毫无记忆，妄图恶语中伤其鸡鸡太小的阴谋论是无法得逞的，因为群众的眼睛是雪亮的，我出镜率极高在群众中享有盛名的室友可以证明。

其次，关于避孕套事件，您真是用心良苦。但问题是，我当时因为取用频繁愣是没发现你的用心，我还以为是我自己不小心拿了之后没有藏在抽屉底下。还暗暗高兴发现得及时没有给我妈没收。囧。

你看，你装得那么辛苦，我傻得这么得意，意思完全没领会在一个层面上。所以下次如果你还想来这么一出，我建议你用一百块钱把避孕套包上，这样就算瞎了我的狗眼，我也能摸出来。

再次，别装无辜地说好惊讶我怎么想出那么多《经典丽水话》的黄色小广告。搞得好像跟你半毛钱关系都没似的。你在钟楼底下开歌舞厅那会儿，正是我人生观、世界观形成的关键时期，我幼小的心灵怎么经得起如此灯红酒绿的喧嚣世界的荼毒？虽然每次放学路过那儿，都还没有开门，但是启蒙忒早的我，怎能不浮想联翩？

你看看你每次饭桌上都讲些什么玩意，不外乎三类东西。一、政治八卦，二、黄色笑话，三、政治八卦中夹杂着黄色笑话。

所以你别装得多文艺男知青，以显出跟我截然不同的追求，诱骗校内无知小萝莉，这封信我放到网上之后，你的形象荡然无存。

最后，解释下为什么不下国际象棋。

你还真别说，自从我妈说下棋是跟遛鸟钓鱼配套的老年人运动后，我越下越觉得真他妈的是老年人运动。

每次想到班里打篮球的哥们儿我就心理不平衡。我勒了个去的，一群连年段比赛都拿不到名次的篮球队，打个几分钟下场就有小 MM 递毛巾递饮料，还能引来花痴尖叫。我每天一坐下就好几个钟头，见不到半个女人，拿全丽水第一也没小萝莉夹道欢迎。这实在是太没有天理了。当时想来想去就觉得这运动太不拉风，断然放弃。哈哈。

不过台球我真的是大爱，本来搞不好你真能做世界冠军他爸，现在肠子悔青了吧，只能当一臭老九他爸了。哈哈。

据我妈说，我小时候就没聪明过。

如果我能坚持台球是因为"骚"的话，那么我还坚持了很多事情就是因为我"蠢"。

有一次隔壁邻居的孩子叫我拿储蓄罐跟他换弹珠，我就傻呵呵地拿着跟他换了。我妈下班后，还觉得赚大了的我特高兴地把这事告诉了她。我妈骂我傻×，你知道储蓄罐里的硬币能买多少颗弹珠吗？我说，可我喜欢弹珠，不喜欢硬币啊。

把我妈给气得，直到今天，她还是不断地用这个例子来羞辱我，意思就是我脑残，不懂计算得失。

的确，直到今天，我做人生中的每一个重大选择之前都是拿着我小时候的逻辑来思考———喜欢还是不喜欢？

我喜欢国际象棋，可能当时喜欢的理由特幼稚，觉得"国际"听上去比"中国"有范，就去下国际象棋了。后来我不喜欢国际象棋了，我就不下。

我喜欢写小说，而且当时很不想因为学业而耽误写了一半的小说，我就休学了。写完了，没什么事情好干，我就又回来上学了。

我喜欢丽水话，而且喜欢和一帮同学一起乐和乐和，我就做了《经典丽水话》。我不喜欢把它搞得太商业，而且我觉得自己目前做不出能超越《小蝌蚪找妈妈》的作品，我就不做了，也不愿为了钱植入软广告。

在我妈眼中这就是"赤果果"的幼稚和傻×。

我是没有体会到赚钱的辛苦。

可能我妈说得对，所以我能过得这么潇洒。这也是我最感激你的地方。是你牺牲了你的理想，换来了让我实现理想的物质基础。

爸爸，我知道那段为了赚钱而丢弃理想的日子，你过得很不开心。虽然你都是嘻嘻哈哈极力掩饰，但是那段时间你特容易喝醉，喝醉了之后就是大哭。你压力很大，我知道。

你脑海中理想的生活肯定不是这样的。为了撑起这个家，你跟许多不想打交道的人打交道，你喝了很多不想喝的酒，装了很多不想装的孙子。没有人过问，也没有人在意过你内心是不是真的快乐。别人想当然地以为，有钱升官了当然就快乐了。而你青春没有付诸梦想的遗憾，为了物质生活妥协精神追求的无奈，没有人会懂。

但是你比其他家长牛的地方在于，你没有把我当成你的附属，逼着我替你去实现你没完成的理想，尽管你曾经这么尝试过，但你打住得及时。尤其还有我妈，这样一个成天打着"我都是为了你好，听我的没错"的旗号的控制欲超强的家长跟你对比，你就成中国封建家长里的奇葩了。

牛的家长是帮助子女实现理想，只有傻 × 的家长才控制子女实现他们的理想。

你让我敬佩。

你让我敬佩的不仅仅是你的强大支持了我实现理想的可能，而且是即便现在，你已经过了拍照的巅峰状态，当初号称成为全世界最牛摄影家的理想已经遥不可及，但我仍然看到了你的努力。

爸爸，拿不到金奖又怎么样呢？成不了世界最牛的摄影师又怎么样呢？对别人来说，你需要有一大串的定语来证明自己。但对我来说，爸爸，两个字就足够了。

作为儿子，我真正关心的是你是不是享受拍照的过程。你能把一个爱好坚守一生，这已经足够牛了。多一个头衔还是少一个奖项，一点都不会妨碍我以后跟你孙子吹他爷爷的牛。你的人生让我肃然起敬，不仅不失败，还是"赤果果"的成功典范。

就像你对着《老白谈天》所说，人并不一定要干出什么轰轰烈烈的大事，只希望我过得快快乐乐。我也是这么想的，我从不要求我爸是李刚，我只希望你快快乐乐地活着。更何况你年轻的时候已经充分证明了自己，让我以"这是郑国强的儿子"骄傲地在丽水生活着，接下来应该是轮到你以"这是郑艺的爸爸"骄傲地存在于这个世上的时候了。

这种对于爱好的坚持，对于梦想的态度潜移默化感染了我。我不断地激励自己，我的爸爸在穷困潦倒的时候还坚守着理想，跑遍了全国；一把年纪吃喝成一胖子上楼下楼都喘的人，居然为了能拍到日出，爬上了浙江最高峰。那么年富力强的我，还有什么理由不去坚持理想？为什么不试一试做自己喜欢的事养活自己呢?

其实无论你愿不愿意掏钱买房,对房子我都没什么追求。《新周刊》新年贺词里讽刺道,当今的爱情是在房产证里的爱情。我还真不相信了,我买不起房子就引不来小 MM 了?你理想主义了三十年,我自己也很想知道自己能理想主义多久,一份平凡的工作和一间狭小的出租屋会不会摧毁我的精神追求。

另外,我对于你从暑假开始跟我妈分床睡,跑来跟我睡的这种无耻行径,表示强烈谴责。我实在受不了你的呼噜,你怎么就不会被自己的呼噜吵醒。

鉴于肉麻的结尾已经被你先用了,那么我只能来个气势磅礴的结尾:在这个拼爹的社会,你让我无往不胜。

祝

身体健康!

郑艺

2010 年 12 月 19 日

我不愿意成为拆散你们的根源

林徽因写给徐志摩

1921 年

林徽因（1904—1955），中国著名建筑学家、诗人、作家，人民英雄纪念碑和中华人民共和国国徽的设计者之一。徐志摩（1896—1931），现代诗人、散文家。代表作品有诗作《再别康桥》，诗集《翡冷翠的一夜》等。林徽因 16 岁时，跟随父亲林长民游历欧洲。在英国，少女林徽因被浪漫诗人徐志摩强烈追求，心有所动。此时，徐志摩与张幼仪仍为夫妻。陷入痛苦的林徽因写下了这封信，离开徐志摩提前回国。此后，林徽因嫁给一生钟爱的建筑学家梁思成，并对徐志摩执着的追求，始终保持了坚定的拒绝态度。

志摩：

　　我走了。带着记忆的锦盒，里面藏着我们的爱情、我们的友谊，已经说出和还没有说出的话走了，我回国了。伦敦使我痛苦。我知道，您一从柏林回来，就会打火车站直接来我家的。我怕，怕您那沸腾的热情，也怕我自己心头绞痛着的感情。火，会将我们两人都烧死的。

　　原谅我的怯懦。我还是个未成熟的少女。我不敢将自己一下子投进那危险的旋涡，引起亲友的误解和指责、社会的喧嚣与诽难。我还不具有抗争这一切的勇气和力量。我也还不能过早地失去父亲的宠爱和那由学校和艺术带给我的安宁生活。我降下了帆，拒绝大海的诱惑，逃避那浪涛的拍打……

我说过，看了太多的小说，我已经不再惊异人生的遭遇。不过这是诳语，一个自大者的诳语。实际上，我很脆弱，脆弱得像一支暮夏的柳条，经不住什么风雨。

我忘不了，也受不了那双眼睛。这次您和幼仪去德国，我、爸爸、西滢兄在送别你们时，火车启动的那一瞬间，您和幼仪把头伸出窗外。在您的面孔旁边，她张着一双哀怨、绝望、祈求和嫉意的眼睛定定地望着我。我颤抖了。那目光直透我心灵的底蕴，那里藏着我的无人知晓的秘密，她全看见了。

其实，在您陪着她来向我们辞行时，听说她要单身离您去德国，我就明白，你们两人的关系起了变故。起因是什么，我不明白，但不会和我无关。我真佩服幼仪的镇定自若，从容裕如的风度。做到这一点，不是件易事，我就永远也做不到。她待我那么亲切，当然不是装假的。你们走后，我哭了一个通宵，多半是为了她。志摩，我理解您对真正的爱情幸福的追求，这原也无可厚非。但我恳求您理解我对幼仪悲苦的理解。她待您委实是好的。您说过，这不是真正的爱情，但获得了这种真切的情分。志摩，您已经大大有福了。尽管幼仪不记恨于我，但是我不愿意被理解为拆散你们的主要根源。她的出走，使我不能再在伦敦居住下去。我要逃避，逃得远远的，逃回我的故乡，让那里浓荫如盖的棕榈、幽深的古宅来庇护我，庇护我这颗不安宁的心。

我不能等您回来后再做这个决定。那样，也许这个决定永远也无法做出了。我对爸爸说，我想家，想故乡，想马上回国。他没问什么，但是我知道，这一切他都清楚。他了解我，他永远是我最好的朋友。他同意了。正好他收到一封国内的来信，也有回国一次的意向，这样，我们就离开了这留着我的眼泪多于微笑的雾都。

我不能明智如哪个摔破瓦盆头也不回的阿拉伯人，我是女人，总免不了拖泥带水，对"过去"要投去留恋的一瞥。我留下这一封最后的紫信——紫色，这个我喜欢的哀愁、忧郁、悲剧性的颜色，就是我们生命邂逅的象征吧。走了。可我又真的走了吗？我又真的收回留在您生命里的一切吗？又真的奉还了您留在我生命里的一切吗？我们还会重逢吗？还会继续那残断了的梦吗？我说不清。一切都交给那三个纺线的老婆子吧，听任她们神秘的手将我们生命之线拉扯的怎样，也许，也许……只是，我不期待，不祈求。

徽徽

P·S·这一段时间您也没有好好念书，从今您该平静下来，发愤用功，希望您早日用智慧的光芒，照亮那灰暗的文坛。

徐志摩

1920 年，林徽因与父亲林长民摄于英国伦敦

《见字如面》入选信件文档 编号 014

我觉得我们还能还上那 3000 美金的房租

李小龙写给妻子琳达

1971 年 8 月

李小龙（1940—1973），世界武道变革的先驱者，中国功夫首位全球推广者，好莱坞首位华裔明星。其代表作有《唐山大兄》《精武门》《猛龙过江》《龙争虎斗》《死亡游戏》等。

琳达·艾米莉（1945— ），爱尔兰裔美国姑娘，是李小龙在华盛顿大学的同学。两人于 1964 年走入婚姻殿堂。1971 年夏天，李小龙接受香港嘉禾电影公司邀请，以 1.5 万美元的片酬签下了两部影片，其中第一部是《唐山大兄》，创下了香港开埠以来的电影最高票房纪录。在拍摄期间，李小龙给妻子琳达写了下面这封信。

我最亲爱的妻子：

　　除了吃喝拉撒，我们整日整夜都在拍电影。我与香港的电影公司合作得很好。

　　如果可以的话，我觉得我们还能还上那 3000 美金的房租，比如说 12 月份的。原因有两个：①如果 9 月份能回美国的话，我就可以从派拉蒙公司那里赚些钱；②自从我拍完电影之后，香港的电影公司就火了。

　　我只是希望我们可以延期。我应该能还 1500

李小龙在电影《死亡游戏》中的剧照

美金。到时候再还 2000 美金给鲍勃和吉姆。《唐山大兄》进展很顺利。毕竟按香港的标准来说导演还是不错的。

如果与派拉蒙的合作顺利，那结果就会不错。到时我直接从曼谷回去，不过那样就没法儿给我的宝贝儿子布兰登买娃娃了。

我告诉你啊，在香港我现在是巨星了。有单独的化妆师、专用的椅子甚至还有专用的面巾纸——真的。我有强烈的预感，我在香港能做到最好，只是还需要精心的计划才能得到我想要的东西。

等我的电影在香港火了，我的片酬至少要 10000 美金，还得有十分之一的分红，而且我们全家都可以坐头等舱旅行。

从曼谷到美国，我们全家人从美国到香港，两个半月，圣诞，还有所有的时间。让我们一起期待这一切都顺利吧。

嗯，看起来今年一帆风顺。

爱你，远方的妻子。

李小龙

李小龙

《见字如面》入选信件文档 编号 015

此点关系全部纲纪精神

陈寅恪写给傅斯年
1936 年 4 月 8 日

陈寅恪（1890—1969），中国现代著名历史学家、古典文学家、语言学家。在清华大学任教时被称为教授之教授。
傅斯年（1896—1950），著名历史学家、古典文学家、教育家，五四运动学生领袖之一，历史语言研究所创办人。
1936 年，历史语言所南迁，所长傅斯年力邀兼任该所一级主任的陈寅恪出席该所在南京召开的会议。当时，
陈寅恪仍在清华担任教授，而他所在的文法学院的教师表现屡遭社会恶评。陈寅恪给傅斯年回了下面这封信，
从中可以窥见陈寅恪先生的为人。

孟真兄左右：

手示敬悉。所以稽迟未即奉复者，以尚未决计
南行与否故也。今决计不南行，特陈其理由如下：

清华今年无春假，若南行必请假两礼拜。在他
人，一回来即可上课。弟则非休息及预备功课数日
不能上课，统合计之，非将至三礼拜不可也。初意
学生或有罢课之举，则免得多请数日之假，岂知竟
不然，但此一点犹不甚关重要。别有一点，则弟存
于心中尚未告人者，即前年弟发见清华理工学院之

教员，全年无请假一点钟者，而文法学院则大不然。彼时弟即觉得此虽小事，无怪乎学生及社会对于文法学院印象之劣，故弟去学年全年未请假一点钟，今年至今亦尚未请一点钟假。

其实多上一点钟与少上一点钟毫无关系，不过为当时心中默自誓约（不敢公然言之以示矫激，且开罪他人，此次初以告公也），非有特别缘故必不请假。故常有带病而上课之时也。弟觉此次南行亦尚有请假之理由，然若请至逾二星期之久，则太多矣。此所以踌躇久之然后决定也。

院中所寄来之川资贰佰元，容后交银行或邮局汇还。又弟史语所第一级主任名义，断不可再遥领，致内疚神明。请即于此次本所开会时代辞照准，改为通信研究员，不兼受何报酬。一俟遇有机会，再入所担任职务。因史语所既正式南迁，必无以北平侨人遥领主任之理，此点关系全部纲纪精神，否则弟亦不拘拘于此也。

所欲言者尚多，特先约略奉复，即希鉴谅，并代候诸公，至深感幸。敬叩

撰安

弟寅恪顿首

一九三六年四月八日

傅斯年

1951 年，陈寅恪夫妇与三个女儿拍下的全家福

————《见字如面》入选信件文档 编号016————

共产党要执行比一般平民更加严格的纪律

毛泽东写给雷经天

1937 年 10 月 10 日

黄克功（1911—1937），少年时代加入中国共产党，曾追随毛泽东经历井冈山斗争和长征，在战场上立过大功。1937 年，黄克功结识了当时在陕北公学学习的女青年刘茜，两人经过短期接触，陷入了热恋。但随着交往的加深，刘茜发现两人在生活习惯上差异很大，提出分手。1937 年 10 月 5 日，黄克功因逼婚未遂，枪杀了刘茜。这桩案件震动了延安。狱中的黄克功写信给毛泽东，请求姑念他参加革命多年，留他一条生路。时任陕甘宁边区高等法院院长的雷经天也写信毛泽东，建议赦免其不死。毛泽东收到两人的来信，在经过一番痛苦的抉择后，提笔给雷经天回了这封信，并建议要在公审大会上，当着黄克功本人的面宣读。

雷经天同志：

你的及黄克功的信均收阅。黄克功过去斗争历史是光荣的，今天处以极刑，我及党中央的同志都是为之惋惜的。但他犯了不容赦免的大罪。以一个共产党员、红军干部而有如此卑鄙的、残忍的、失掉党的立场的、失掉革命立场的、失掉人的立场的行为，如为赦免，便无以教育党，无以教育红军，无以教育革命者，并无以教育做一个普通的人。

因此中央与军委便不得不根据他的罪恶行为，

根据党与红军的纪律，处他以极刑。正因为黄克功不同于一个普通人，正因为他是一个多年的共产党员，是一个多年的红军，所以不能不这样办。共产党与红军，对于自己的党员与红军成员不能不执行比较一般平民更加严格的纪律。当此国家危急、革命紧张之时，黄克功卑鄙无耻、残忍自私至如此程度，他之处死，是他的自己行为决定的。一切共产党员，一切红军指战员，一切革命分子，都要以黄克功为前车之戒。

请你在公审会上，当着黄克功及到会群众，除宣布法庭判决外，并宣布我这封信。对刘茜同志之家属，应给以安慰与抚恤。

毛泽东

一九三七年十月十日

近来我的工作是垛马草

桃桃写给父母

1973 年 8 月 24 日

桃桃,上海知青。1972 年初中毕业后,只有 15 岁的她奔赴黑龙江生产建设兵团。在她定期与家人的通信中,无意间真实记录了一代兵团人的劳作和生活。

亲爱的爸爸妈妈,您们好!

来信前几天才收到,您们是七月二十日寄出的,但至今未收到,那时把我等急了,但这次又把您们给等急了吧? 可能您们收到信也差不多九月四五号吧? 这封信为什么这么晚才收到呢? 我把下面情况告诉您们。

您们不是给我寄夹在信封中一盒清凉油吗? 我收到了,但这样寄却是违章的,在您们来信之前,收到邮局给的邮件通知,我以为是您们给我寄信了呢(不,以为是寄书来了呢)。那几天没车所以没去领,后来我连的老同志骑马去,我就托他帮我拿,还谢人家好多声。但给我带回来的是一封信,还有邮局的关于违章的一张字条,还罚了一角二分。老同志拿给我时,我还不信呢,还以为他把邮件先不给我呢。但后来等的还是这封信,您们想好笑不好笑。

我至今想这事还好笑呢。

这事就谈这些，对于上次寄给我的《中国近代史》等我早收到，而我回信也告你们了，您们寄给我的六本《十万个为什么》有几本我还没收到，收到后我会告诉你们的，还有前两天把我的布票也寄回家了，是两丈三尺，一斤棉花票。收到后请来信告知。我是这样想的，反正今年是批不了探亲假了的，明年一月开始不寄回家要过期的。

告你们来边疆快二年了，衣服有好几件破了（不能穿了），衬衫都短了，套棉裤的裤子，夏天的裤子也没了。真是现在是凑到回家就是好的，鞋也破了，所以请你们给我准备好我以后回家要做的东西，可能你们看了我的"诉苦"要生气吧？但事实也是这样。我深知，父母会谅解我的。

近来我们的工作是垛马草，一天三垛，有三十个小坟这样的垛拼成一垛，八个男生，四个女生，天天要走十一二里地，吃饭在那儿吃，就干一上午，下午我们就是休息，工作是很累的，但是很痛快。早上走到那儿是七点一刻，八点开始去劳动地点，八点半开始干，十点半基本回到休息处北河打草的住宿。吃完饭，休息到三点到连休息，这工作可能还要一星期，我就是希望并喜欢永远有这样的活儿。

我的团员前两天也批下来了，以后对我的要求也二样了，要用共青团员的标准来要求自己。在为贡献青春，建设社会主义的斗争中踏踏实实地干好每一项工作。

弟妹在学校怎么样啊？

我和灵灵向连里要求把我俩分在一块儿回家，连里说考虑考虑，我是很希望一起回家的，但时间还有五个月呢，但也快了。

爸妈近来是什么工作，妈还是在车间工作吗？是早中班哪班？您俩都要注意身体康健，爸的病好透了吗？看了信后我简直是大吃一惊，眼泪是止不住地掉下，心想爸怎么会到这种地步？病真是个魔鬼啊！希望向着更好的局面发展！

亲娘近来的身体好吗？向她问好！叫她身体注意些！我要回家了，我出来后是想念她的，来信中望能谈谈她。

家里如今的经济情况如何？还可以吧？如您们有什么困难尽量地告我。我量力而行，尽到女儿的责任。您们也不用向我隐瞒，我有什么困难是从来不隐瞒您们的。快八月半了，请您们能寄给我一点上海的月饼，我们这儿的简直是和上海五分钱的一个饼一样味道，一点也不好吃，所以我特想吃上海的，如果不好寄怕压坏了就算了，我只不过是把自己的打算告诉您们一下。

我们的班长邵文这次考进大学了，我为这事而真高兴啊，但我也没这方面的书，我也就不想温习这方面的课了，以后再说吧，谁知以后的招生制度怎么样？但我是很希望继续读书的，我喜欢读书。

爸，您能不能帮我弄点《哥达纲领批判》《国家与革命》的辅导材料，我要看看，便于自己的学习进展。

别的也不多说了，请早日回信。

此致 安康!

女儿 桃桃 笔上

73.8.24 晚

请您尽管测试我的文才

李白写给韩荆州

约公元 734 年

李白（701—762），中国最伟大的诗人之一。这位潇洒不羁的诗仙，在做官求职这件事上却屡遭坎坷。李白二十五岁时离开家乡外出游历。户籍不明的他没有参加考试的资格，狂傲的性格也不允许他去走寻常的科举之路。于是他广结朋友、四方求见，推销自己。

三十岁那年，李白第一次前往京城长安，他住在玉真公主在宫外的别墅附近，求访大宰相的儿子，也拜会其他王公大臣，却没有任何结果。后来他听说名臣韩朝宗因善于举荐能人而广受尊重，于是，骄傲的李白写下这封求职信《与韩荆州书》。此时，距他满怀壮志出门游历，已经过去整整十年。

　　我听说精英群里都流传着这样一句话："生不用封万户侯，但愿一识韩荆州。"我就想这得是一个什么样的人，竟能被人崇拜到如此程度。这都因为您就像礼贤下士的周公，为天下英才操碎了心，让海内豪俊都跑到了您的门下，而且一登龙门，身价十倍。在我看来，之所以怀才不遇的人都想在您这里收名定价，那是因为您既不会仰视富贵之人，也不会忽视贫贱之人，于是这众多投奔您的人中，就一定会有像毛遂这样的奇才。如果您给我个机会，我就是那个会脱颖而出的人。

我叫李白，出生在陇西一个平民家庭，现在楚汉之地游历。十五岁时喜欢过剑术，游历中也见过很多地方官员。三十岁写得一手好文章，又去京城拜会了很多中央领导。虽长不满七尺，但胸中志向无人能敌。那些王公大人都夸我有格局、有气概。过去的这些心路历程，我就都跟您实话实说了。

您的作品出神入化，您的德行感天动地。可以说是笔参造化，学究天人。希望您高高兴兴的，别因为我的失礼而拒绝我。您得备一桌好饭菜，还得任凭我高谈阔论，您还可以当面测试我的文才，区区万言，倚马可待。现在所有人都把您当成评价文章好坏、衡量人才价值的最高权威，只要得到您的认可，那就是牛人。那您干吗舍不得给我个机会，让我也能扬眉吐气、激昂青云呢？

想当年，王子师出任豫州使，还没下车，就举荐了荀慈明。刚下了车，又举荐了孔文举。山涛去冀州的时候，甄选了三十多位能人，有当侍中的，有当尚书的，都是历史上的美谈。而您也推荐了严协律去当秘书郎，后来又推荐了崔宗之、房习祖、黎昕、许莹等等，这些人有的是以才名见知，有的以清白见赏。我看着他们不忘师恩、忠义奋发，总是备受鼓舞，您是在用赤诚之心对待这些有能力的人。所以我也不想投靠别人，只想跟着您。万一您碰上急事、难事，有用得着我的地方，我这条小命就是您的。

话说回来，人非尧舜，谁能全是优点呢？我这点谋略修为还不足以自夸。至于作品，倒是攒了不少。也真想让您给看看，又怕雕虫小技，入不了您的法眼。要是您真想看看这些草根习作，还得请您送给我点纸和墨，再找个能抄写的人，我回去收拾一间安静的屋子，誊写好了再给您呈上。

几乎所有的宝剑、宝玉，都是在识货的人手中才能卖出高价。像我这样的草根，也只有在您的提携下才能放射出光彩。

原文

与韩荆州书

白闻天下谈士相聚而言曰："生不用封万户侯，但愿一识韩荆州。"何令人之景慕，一至于此耶？岂不以有周公之风，躬吐握之事，使海内豪俊，奔走而归之，一登龙门，则声价十倍。所以龙蟠凤逸之士，皆欲收名定价于君侯，愿君侯不以富贵而骄之、寒贱而忽之，则三千之中有毛遂，使白得颖脱而出，即其人焉。

白，陇西布衣，流落楚汉。十五好剑术，遍干诸侯。三十成文章，历抵卿相。虽长不满七尺，而心雄万夫。皆王公大人许与气义。此畴曩心迹，安敢不尽于君侯哉？

君侯制作侔神明，德行动天地，笔参造化，学究天人。幸愿开张心颜，不以长揖见拒。必若接之以高宴，纵之以清谈，请日试万言，倚马可待。今天下以君侯为文章之司命，人物之权衡，一经品题，便作佳士。而君侯何惜阶前盈尺之地，不使白扬眉吐气激昂青云耶？

昔王子师为豫州，未下车即辟荀慈明，既下车又辟孔文举。山涛作冀州，甄拔三十余人，或为侍中、尚书，先代所美。而君侯亦荐一严协律，入为秘书郎。中间崔宗之、房习祖、黎昕、许莹之徒，或以才名见知，或以清白见赏。白每观其衔恩抚躬，忠义奋发，以此感激。知君侯推赤心于诸贤腹中，所以不归他人，而愿委身国士。傥急难有用，敢效微躯。

且人非尧舜，谁能尽善？白谟猷筹画，安能自矜？至于制作，积成卷轴，则欲尘秽视听，恐雕虫小技，不合大人。若赐观刍荛，请给纸墨，兼之书人，然后退扫闲轩，缮写呈上。

庶青萍、结绿，长价于薛、卞之门。幸惟下流，大开奖饰，惟君侯图之。

我交给你们一个孩子

张晓风写给全世界

1983 年

张晓风（1941—　），中国台湾著名散文家。现任台湾阳明大学教授。36 岁时，被台湾地区的批评界推为"当代十大散文家"之一。有多篇作品入选大陆及台湾中学的教科书。

当年，作为母亲的张晓风看着孩子第一次独自离家上学，写下了这封题为《我交给你们一个孩子》的公开信。

小男孩走出大门，返身向四楼阳台上的我招手，说："再见！"

那是好多年前的事了，那个早晨是他开始上小学的第二天。

我其实仍然可以像昨天一样，再陪他一次，但我却狠下心来，看他自己单独去了。他有属于他的一生，是我不能相陪的，母子一场，只能看作一把借来的琴弦，能弹多久，便弹多久，但借来的岁月毕竟是有其归还期限的。

他欢然地走出长巷，很听话地既不跑也不跳，一副循规蹈矩的模样。我一个人怔怔地望着巷子下细细的朝阳而落泪。

想大声地告诉整个城市，今天早晨，我交给你们一个小男孩，他还不知恐惧为何物，我却是知道的，我开始恐惧自己有没有交错？

我把他交给马路，我要他遵守规矩沿着人行道而行，但是，匆匆的路人啊，你们能够小心一点吗？不要撞倒我的孩子，我把我的至爱交给了纵横的道路，容许我看见他平平安安地回来。

我不曾搬迁户口，我们不要越区就读，我们让孩子读本区内的小学而不是某些私立明星小学，我努力去信任自己的教育当局，而且，是以自己的儿女为赌注来信任——但是，学校啊，当我把我的孩子交给你，你保证给他怎样的教育？今天清晨，我交给你一个欢欣诚实又颖悟的小男孩。多年以后，你将还我一个怎样的青年？

他开始识字，开始读书，当然，他也要读报纸、听音乐或看电视、电影，古往今来的撰述者啊，各种方式的知识传递者啊，我的孩子会因你们得到什么呢？你们将饮之以琼浆，灌之以醍醐，还是哺之以糟粕？他会因而变得正直、忠信，还是学会奸猾、诡诈？当我把我的孩子交出来，当他向这世界求知若渴，世界啊，你给他的会是什么呢？

世界啊，今天早晨，我，一个母亲，向你交出她可爱的小男孩，而你们将还我一个怎样的呢？！

2015 年 10 月 16 日，张晓风在武汉新华书城与读者交流

母亲，您不孝的儿子
今天就要死了

夏完淳写给母亲
1647 年（清顺治四年）

夏完淳（1631—1647），明末松江华亭县人。1631 年出生于江南望族，9 岁能赋诗作文，有神童之誉，名重一时。他的父亲是江南名士夏允彝。1644 年，明朝灭亡。夏允彝集结忠明人士举兵抗清。这一年夏完淳 14 岁。刚刚完婚，便追随父亲四处征战。战事失利，夏完淳亲眼见证父亲投江殉节。国仇家恨没齿难忘。夏完淳继续抗清，于 1647 年春天因叛徒出卖，兵败被俘。押至南京，洪承畴亲自讯问并劝降，夏完淳痛骂了洪承畴。九月十九日，夏完淳在将赴刑场时写下这封《狱中上母书》，随后被带到南京西市。临刑时，他立而不跪，神色不变，刽子手战兢兢，不敢正视，良久以持刀从喉间断之而绝。夏完淳就义时，年仅 16 岁。

母亲：

　　您不孝的儿子夏完淳今天就要死了。儿子只有这一次生命，用来以身殉父，就不能以身报母了。从父亲离世算起，那种痛彻心扉的感觉已经持续两年了，悲愤日深，艰辛历尽。本想着能重见天日，雪恨前仇，安抚逝者，荣耀生者，告慰祖先。怎奈天不佑我，偏要倾覆先朝。刚刚组织起军队，就被碾成齑粉。当年兵败之时，我以为死定了，谁知道竟然没死，反倒是死于今天。毫无意义地多活了两年，也没有尽一天的孝道。致使养母托迹于空门，生母寄生于别姓，一门漂泊。生不得相依，死不得相问。我今天又要先入坟墓，不孝之罪，上通于天。

悲哀啊。我上有两位慈母，下有姐姐妹妹，一脉单传，再无兄弟。我一死不足惜，但哀哀八口何以为生呢？可事情只能这样了。我的身体是父亲给的，我的生命是属于君王的。为了父亲，为了君王，死了也没有什么对不起两位母亲的地方。但养母十五年如一日的辛勤抚育，谆谆教诲，生母永世难求的慈爱呵护，如此大恩未酬，还是让人心痛欲绝。

我只有把养母托付给义融姐姐，生母托付给昭南妹妹了。我死之后，如果妻子生下的是个男孩，那就是咱们家门之幸。如果不是男孩，千万不要抱养别人的孩子作为后代。当年会稽城的那些望族，到今天还不是全都凋零了。节义文章像咱家父子这样的有几个人呢？如果跟西铭先生那样，立个不肖子孙当后人，反倒被别人嘲笑，还不如不立呢。天地苍茫，总归无后。如果真有一天大明朝国运中兴，那我在庙堂之中也将享有千秋供奉，岂止是吃点麦饭猪蹄、不当饿死鬼那点志向呢。如果有谁妄言立后，我和我爹在冥冥之中也会杀了这个浑蛋，决不会饶了他。

现在是战争时期，我死后这兵荒马乱的日子也不知道什么时候能安定。希望两位母亲保重身体，别老思念我。二十年后，我和我爹一定又是塞北的勇士了。别哭，别哭。我嘱咐你们的话，千万别不听。外甥武功将来会成大器，家里的事都交给他去办吧。每年到了清明、鬼节，只要给我一杯清酒，一盏寒灯，别让我当孤魂野鬼就行了。我的妻子嫁给我两年了，一直非常贤惠孝顺。外甥武功你替我好好照顾她，这也是你我甥舅一场的情分。

我有点语无伦次了。但是人之将死，其言也善。我心里特别难受。凡人皆有一死，贵在死得其所。做父亲就该是忠臣，做儿子就该是孝子。含笑归太虚，了我分内事。大道本无生，视身若敝屣。但为气所激，缘悟天人理。噩梦十七年，报仇在来世。神游天地间，可以无愧矣！

原文

狱中上母书

不孝完淳今日死矣。以身殉父，不得以身报母矣。痛自严君见背，两易春秋，冤酷日深，艰辛历尽。本图复见天日，以报大仇，恤死荣生，告成黄土。奈天不佑我，钟虐先朝，一旅才兴，便成齑粉。去年之举，淳已自分必死。谁知不死，死于今日也。斤斤延此二年之命，菽水之养无一日焉。致慈君托迹于空门，生母寄生于别姓，一门漂泊，生不得相依，死不得相问。淳今日又溘然先从九京，不孝之罪，上通于天。

呜呼！双慈在堂，下有妹女，门祚衰薄，终鲜兄弟。淳一死不足惜，哀哀八口，何以为生？虽然，已矣！淳之身，父之所遗。淳之身，君之所用。为父为君，死亦何负于双慈？但慈君推干就湿，教礼习诗，十五年如一日；嫡母慈惠，千古所难。大恩未酬，令人痛绝。

慈君托之义融女兄，生母托之昭南女弟。淳死之后，新妇遗腹得雄，便以为家门之幸；如其不然，万勿置后。会稽大望，至今而零极矣。节义文章，如我父子者几人哉？立一不肖后，如西铭先生为人所诟笑，何如不立之为愈耶？呜呼！大造茫茫，总归无后，有一日中兴再造，则庙食千秋，岂止麦饭豚蹄，不为馁鬼而已哉？若有妄言立后者，淳且与先文忠在冥冥诛殛顽嚣，决不肯舍！

兵戈天地，淳死后，乱且未有定期。双慈善保玉体，无以淳为念。二十年后，淳且与先文忠为北塞之举矣。勿悲勿悲！相托之言，慎勿相负。武功甥将来大器，家事尽以委之。寒食盂兰，一杯清酒，一盏寒灯，不至作若敖之鬼，则吾愿毕矣。

新妇结褵二年，贤孝素著。武功甥好为我善待之，亦武功渭阳情也。

语无伦次，将死言善，痛哉痛哉！人生孰无死，贵得死所耳。父得为忠臣，子得为孝子，含笑归太虚，了我分内事。大道本无生，视身若敝屣。但为气所激，缘悟天人理。恶梦十七年，报仇在来世。神游天地间，可以无愧矣！

"父不受诛，子可复仇"

张起元等联名写给林森

1935 年 12 月

施剑翘（1906—1979），原名施谷兰，安徽桐城人。从小受父亲施从滨宠爱。1925 年秋，奉系军阀张宗昌与直系军阀孙传芳为争夺安徽开战，时任奉系第二军军长、前敌总指挥的施从滨因孤军深入，在皖北固镇兵败被俘，孙传芳将其斩首于蚌埠车站并示众三日。"被俘牺牲无公理，暴尸悬首灭人情。"年仅 20 岁的施谷兰写下此诗，发誓要为父亲报仇。她先是将希望寄托于堂兄烟台警备司令施中诚，但施中诚却反劝其打消复仇念头。施谷兰因此与他断绝了兄妹关系。三年后，施谷兰因同乡、阎锡山部谍报股长施靖公表示愿替她报仇，于是嫁给了他。但一直拖到 1935 年施靖公被提拔为旅长，报仇之事终被拒绝。施谷兰离开了施靖公，带着两个儿子返回娘家，改名施剑翘，开始练习枪法。此时孙传芳已因龙潭兵败寓居天津。施剑翘在父亲被杀十年后，在天津居士林用手枪近身射杀了孙传芳，当场说明替父报仇的原委并报警自首。事件迅速轰动全国。社会各界纷纷呼吁当局予以特赦。桐城县教育会常务干事张起元等联名给国民政府写了这封信，请求特赦施剑翘。这封信在国民政府文官处致司法院公函中作为附件被一并呈报。

1936 年，施剑翘被特赦。后寓居北京，以居士身份在碧山寺修行。1957 年当选北京市政协委员会特邀委员。1979 年病逝。

桐城县教育会常务干事张起元等致国民政府呈
呈为报仇自首事实昭然法宜减轻情堪矜恕案
经判决公恳救济事

窃念施从滨之女施剑翘为父报仇，枪杀孙传芳，当场立即自首案，经天津地方法院判决，依照普通杀人罪科以徒刑十年,似于报仇、自首两端未尽采纳。惟风化攸关,报纸揭载,舆论异常重视,谨抒刍荛之见为钧座陈之。

人子为父报仇,古籍记载不可胜数。其最著者如《春秋传》、《周官》、韩退之、柳子厚、王介甫,皆各有论议。虽主张不同,大都权其势,哀其志,恕其情,未有断然非之者。民国十四年冬,施从滨与孙传芳军战于固镇。兵败被俘,解至蚌埠杀之,非死于战也。当时孙传芳高座堂皇,凌辱百端,既枭首且示众。中外各国无杀俘之理,国际且然,何况内争,亦非死法也。闻其杀施之口实,则以不应为张宗昌作战为辞。仅隔年余,孙亦杀附宗昌,朋比之状且尤过之。儿戏杀人,自身矛盾,而谓施氏子女稍有血气,不切齿报乎?《公羊传》所谓"父不受诛,子可复仇",《周官》所谓"杀人而义者,令勿仇,否得复仇",与施案殊相吻合。此报仇部分之无可疑议者一也。

自首减刑,法之通义。明乎犯法则刑,尊法则减,是立法者之苦心,亦执法者之微权也。施剑翘枪击孙传芳后,当场大呼为父报仇,立即散放传单,立即往电话室报警,电话不通,立即请人代报。迨警士王化南一人先到,立即声明自首,并将手枪及余弹交出,毫不犹豫随警到官。是施剑翘蓄意复仇之日,早无希图逃罪之心,证以剑翘"求死不求仙"之句已可概见。历来自首之罪人未闻有如是之从容坚决者也。古律亲身报官或请人报官皆为自首,况施剑翘情甘就法,无意逃刑,共见共闻,事实昭著。岂孙方虚构情形可以转移观听,致失平亭?此自首部分之无可疑议者二也。

夫用法贵在原心,明刑所以弼教。方今道德衰颓,士多非孝,人图苟免,浮嚣泆滥,相习成风。如施剑翘者,具无畏之精神,作非常之举动,当场奋身,则英风凛凛。事前送母,则孺慕依依。志定不挠,神闲不乱,英雄儿女,可泣可歌。内而足以报亲,充之足以报国。即非自首,犹将宥之。况明明自首,手续完备,尊法之意足以抵犯法而有余。韩退之所谓"惜有司之守尤应怜孝子之心"者,此物此志也。

伏查郑继成为报仇枪杀张宗昌自首一案,既邀减刑,复蒙特赦。孙传芳龙潭一役，政府虽示宽大，国人尚未健忘。其危害民国之罪似不让张宗昌。施剑翘以一弱女子，不假助手，报茹恨十年之父仇，智勇壮烈亦不在郑继成以下。钧府一视同仁，岂能同罪异罚？伏乞俯赐鉴核，逾格救济。依法更审，从轻减刑。并请法外施恩，予以特赦。庶几立懦廉顽，风励末俗。

冒昧陈词，无任惶悚。

除分呈外，谨呈国民政府主席林

桐城县教育会常务干事张起元，教育局局长朱伯健，女子职业学校校长姚慎思，桐溪女子小学校长吴竹其，桐城中学校长方琛，财委会委员长崔腾伯，桐城县商会委员张松祖，公民方守敦、郑辅东、吴汝澄、姚佐清、叶芬、方彦忱、吴复振等

刺杀军阀孙传芳为父报仇的侠女施剑翘

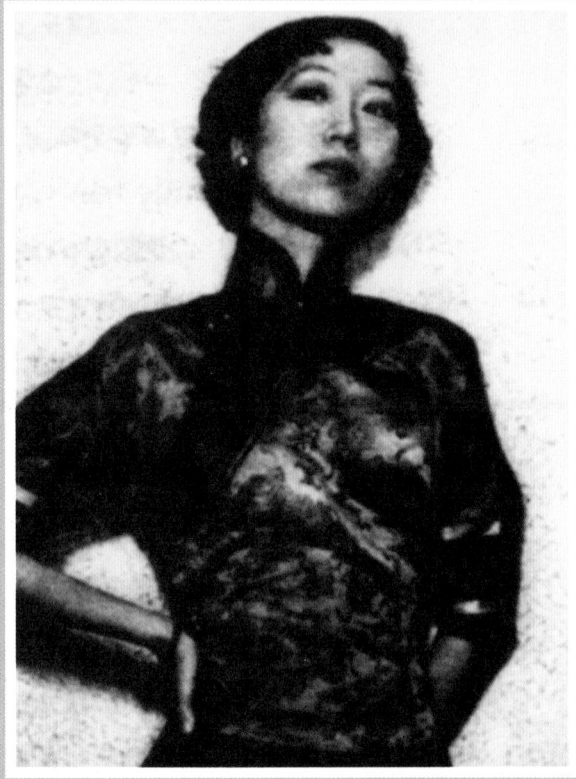

张爱玲

很高兴您对
《半生缘》拍片有兴趣

张爱玲写给王家卫

1995 年 7 月 5 日

张爱玲（1920—1995），中国现代作家。祖父张佩纶是清末名臣，祖母李菊耦是清廷重臣李鸿章的长女。前半生主要在上海，生活于没落贵族与乱世新贵之中。1942 年开始创作大量作品，代表作《霸王别姬》《倾城之恋》《红玫瑰与白玫瑰》《半生缘》由于当代影视的改编重回观众视野，获得巨大影响。1952 年赴香港，1955 年定居美国。1995 年因病去世，被房东发现时已过世一个星期。

王家卫（1958— ），香港电影导演、监制及编剧，擅长文艺电影。代表作《旺角卡门》《阿飞正传》《东邪西毒》《重庆森林》《花样年华》，以别具一格的电影触觉和细腻的感情刻画闻名华语世界。

张爱玲生前与王家卫似乎并无交集。1995 年，王家卫已凭借《阿飞正传》《东邪西毒》红遍港台，但张爱玲并不知道。王家卫寄来的录像带，因没有录像机加上身体不支，张爱玲并没有观看。张爱玲的这封信也有人说王家卫并没有收到。之后不久，张爱玲去世。两人失之交臂。

家卫先生：

很高兴您对《半生缘》拍片有兴趣。

久病一直收到信就只拆看账单与少数急件，所以您的信也跟其他朋友的信一起未启封收了起来。又因对一切机器都奇笨，不会操作放映器，收到录影带，误以为是热心的读者寄给我供欣赏的，也只好收了起来，等以后碰上有机会再看。以致耽搁了

2015 年，王家卫在纽约大都市博物馆时装庆典记者会上讲话

这些时都未作复，实在抱歉到极点。

病中无法观赏您的作品，非常遗憾。现在重托了皇冠代斟酌作决定，请迳与皇冠接洽，免再延搁。前信乞约略再写一份给我作参考。匆此。

即颂 大安

张爱玲

七月五日，一九九五

信写完两个月后，张爱玲溘然长逝。其遗产执行人宋以朗在整理张爱玲与父母、好友生前的谈话与书信时，发现了一封张爱玲在同一年的 7 月 25 日，写给生前好友宋淇、宋邝文美夫妇的信，其中也谈到了此事——

有个香港导演王家卫要拍《半生缘》片，寄了他的作品的录影带来。我不会操作放映器，没买一个，无从评鉴，告诉皇冠"《半生缘》我不急于拍片，全看对方过去从影的绩效"，想请他们代作个决定。不知道你们可听见过这名字？

张爱玲

七月二十五日，一九九五

好像我成了中国
最佳的工程师

詹天佑写给诺索布夫人

1906 年 10 月 24 日

詹天佑（1861—1919），中国近代铁路工程专家，中国铁路之父。1872 年，11 岁的詹天佑以清朝第一批留美幼童的身份远赴美国学习，寄宿在老师诺索布夫人的家中。诺索布夫人对詹天佑关怀备至，细心养育，并指导他考上了耶鲁大学土木工程系。1905 年，清政府决定由中国人自己设计、建造京张铁路。詹天佑受命担任总工程师，并将这一消息写信报告给诺索布夫人。后来他不负众望，以独创的"竖井开凿法"和"人"字形线路克服了京张铁路施工的难点，创造了中外铁路工程的奇迹。1909 年，京张铁路正式通车。

亲爱的诺索布夫人：

六月三日及九月九日来信均收到。

对啦！那贴两分钱邮票的信，也平安到达。最近忙于我的工作，因而忘却我的老朋友，敬请原谅！

诚然，我很幸运被任命现在的工作。中国已渐觉醒，而且急需铁路。现在全国各地，都征求中国工程师。中国要用自己的资金，来建筑中国自己的铁路。

好像我成了中国最佳的工程师，因此全体中国人和外国人都密切注视着我的工作。如果我失败，不仅是我个人的不幸，也为全体中国工程师和所有中国人的不幸，因为中国的工程师们将不会再被人们信赖！

在我受命此工作前，即使出任之后，许多外国人公开宣称中国工程师绝不可能担当如此艰巨的重任。因为要开山凿石，并且修建极长的隧道！

但我全力以赴。如今已修成一段。特附上剪报一份，使你知道当年在威士海汶在你监护下的一位中国幼童，现在已完成和将来继续要完成的任务。他早期的教育完全受惠于你！

过去几年，我协助学部考选由美国、欧洲及日本回来的学生。共有四十二名应考，录取三十二名，其中最佳榜首是陈锦涛，他是一九〇六年在耶鲁得的博士。我很抱歉欧阳赓的兄弟欧阳启没有考取。

这是开中国考试的先河，过去注重的八股文终于是废除了。此次考取者，一律均授予中国学位。按照各生所学，考外国语文和学识，也是中国有史以来的创举。各生依其留学国语文作答，例如德文、英文及日文等，使各生都有公平的机会展示所学。这次我担任副试官，也深感荣幸！

据我所知，罗国瑞已离开或即将离开他在浙江铁路的总工程师职位。他未与主管官署相处得好。希望你身体健康，并祝福苏菲和威利。

您最忠实的

詹天佑

詹天佑

我有时真想拉你一同死去

徐志摩写给陆小曼

1925 年 3 月 10 日

徐志摩（1896—1931），现代著名诗人、散文家。代表作品有《再别康桥》《翡冷翠的一夜》等。

陆小曼（1903—1965），画家。出身名门。谙昆曲、能演皮黄，写得一手好文章。1922 年奉父母之命嫁给王赓，1925 年与王赓离异，1926 年与徐志摩结婚。

王赓（1895—1942），字受庆，1918 年西点军校优秀毕业生，民国时期高级军官，中国陆军中将。

陆小曼与王赓的婚变、与徐志摩的恋爱结婚是当时的轰动事件。入选信件为陆小曼尚未离婚时，徐志摩与她的书信往来。其中，在下一封陆小曼写给徐志摩的信中，她做出了离婚的决定。最终王赓退出，并一生独身。徐志摩与陆小曼结婚。1931 年 11 月，徐志摩因飞机失事罹难，身边唯一的遗物，是陆小曼手绘的一幅山水长卷。

龙龙：

　　我的肝肠寸寸地断了，今晚再不好好地给你一封信，再不把我的心给你看，我就不配爱你，就不配受你的爱。我的小龙呀，这实在是太难受了，我现在不愿别的，只愿我伴着你一同吃苦——你方才心头一阵阵地作痛，我在旁边只是咬紧牙关闭着眼替你熬着。龙呀，让你血液里的讨命鬼来找着我吧，叫我眼看你这样生生地受罪，我什么意念都变了灰了！你吃现鲜鲜的苦是真的，叫我怨谁去？

离别当然是你今晚纵酒的大原因，我先前只怪我自己不留意，害你吃成这样，但转想你的苦，分明不全是酒醉的苦，假如今晚你不喝酒，我到了相当的时刻得硬着头皮对你说再会，那时你就会舒服了吗？再回头受逼迫的时候，就会比醉酒的病苦强吗？咳，你自己说得对，顶好是醉死了完事，不死也得醉，醉了多少可以自由发泄，不比死闷在心窝里好吗？所以我一想到你横竖是吃苦，我的心就硬了。我只恨你不该留这许多人一起喝，人一多就糟，要是单是你与我对喝，那时要醉就同醉，要死也死在一起，醉也是一体，死也是一体，要哭让眼泪合成一起，要心跳让你我的胸膛贴紧在一起，这不是在极苦里实现了我们想望的极乐，从醉的大门走进了大解脱的境界，只要我们灵魂合成了一体，这不就满足了我们最高的想望吗？

啊！我的龙，这时候你睡熟了没有？你的呼吸调匀了没有？你的灵魂暂时平安了没有？你知不知道你的爱正含着两眼热泪在这深夜里和你说话，想你，疼你，安慰你，爱你？我好恨呀，这一层的隔膜，真的全是隔膜，这仿佛是你淹在水里挣扎着要命，他们却掷下瓦片石块来算是救渡你，我好恨呀！这酒的力量还不够大，方才我站在旁边我是完全准备了的，我知道我的龙儿的心坎儿只嚷着："我冷呀，我要他的热胸膛偎着我；我痛呀，我要我的他搂着我；我倦呀，我要在他的手臂内得到我最想望的安息与舒服！"——但是实际上我只能在旁边站着看，我稍微一帮助就受人干涉，意思说："不劳费心，这不关你的事，请你早去休息吧，她不用你管！"

哼，你不用我管！我这难受，你大约也有些觉着吧！

方才你接连叫着，"我不是醉，我只是难受，只是心里苦"，你那话一声声像是钢铁锥子刺着我的心：愤、慨、恨、急，各种情绪就像潮水似的涌上了胸头；那时我就觉得什么都不怕，勇气像天一般的高，只要你一句话出口什么事我都干！为你我抛弃了一切，只是本分为你我，还顾得什么性命与名誉——真的假如你方才说出了一句半句着边际着颜色的话，此刻你我的命运早已变定了方向都难说哩！

徐志摩

你多美呀，我醉后的小龙，你那惨白的颜色与静定的眉目，使我想象起你最后解脱时的形容，使我觉着一种逼迫赞美崇拜的激震，使我觉着一种美满的和谐——龙，我的至爱，将来你永诀尘俗的俄顷，不能没有我在你最近的旁边，你最后的呼吸一定得明白报告这世间你的心是谁的，你的爱是谁的，你的灵魂是谁的！龙呀，你应当知道我是怎样地爱你，你占有我的爱，我的灵，我的肉，我的"整个儿"。永远在我爱的身旁旋转着，永久地缠绕着，真的，龙龙，你已经激动了我的痴情。我说出来你不要怕，我有时真想拉你一同死去，去到绝对的死的寂灭里去实现完全的爱，去到普遍的黑暗里去寻求唯一的光明——咳，今晚要是你有一杯毒药在近旁，此时你我也许早已在极乐世界了。说也怪，我真的不沾恋这形式的生命，我只求一个同伴，有了同伴我就情愿欣欣地瞑目；龙龙，你不是已经答应做我永久的同伴了吗？我再不能放松你，我的心肝，你是我的，你是我这一辈子唯一的成就，你是我的生命，我的诗；你完全是我的，一个个细胞都是我的——你要说半个不字叫天雷打死我完事。

我在十几个钟头内就要走了，丢开你走了，你怨我忍心不是？我也自认我这回不得不硬一硬心肠，你也明白我这回去是我精神的与知识的"散拿吐瑾"。我受益就是你受益，我此去得加倍地用心，你在这时期内也得加倍地奋斗，我信你的勇气这回就是你试验、实证你勇气的机会。我人虽走，我的心不离开你，要知道在我与你的中间有的是无形的精神线，彼此的悲欢喜怒此后是会相通的，你信不信？（身无彩凤双飞翼，心有灵犀一点通。）我再也不必嘱咐，你已经有了努力的方向，我预知你一定成功，你这回冲锋上去，死了也是成功！有我在这里，龙龙，放大胆子，上前去吧，彼此不要辜负了，再会！

摩

一九二五年三月十日早三时通

我要往前走

陆小曼写给徐志摩

1925 年 3 月 22 日

摩:

　　昨天才写完一信，T 来了，谈了半天。他倒是个很好的朋友，他说他那天在车站看见我的脸吓一跳，苍白得好像死去一般，他知道我那时的心一定难过到极点了。他还说外边谣言极多，有人说我要离婚了，又有人说摩一定是不真爱我，若是真爱决不肯丢我远去的。真可笑，外头人不知道为什么都跟我有缘似的，无论男女都爱将我当一个谈话的好材料，没有可说也是想法造点出来说，真奇怪了……

　　摩，为你我还是拚命干一下的好，我要往前走，不管前面有几多的荆棘，我一定直着脖子走，非到筋疲力尽我决不回头的。因为你是真正地认识了我，你不但认识我表面，你还认清了我的内心，我本来老是自恨为什么没有人认识我，为什么人家全拿我当一个只会玩只会穿的女子；可是我虽恨，我并不怪人家，本来人们只看外表，谁又能真生一双妙眼来看透人的内心呢？受着的评论都是自己去换得来的，在这个黑暗的世界有几个是肯拿真性灵透露出来的？像我自己，还不是一样成天埋没了本性以假对人的么？只有你，摩！第一个人能从一切的假言假笑中看透我的真心，认识我的苦痛，叫我怎能不从此收起以往的假而真正地给你一片真呢！我自从认识了你，我就有改变生活的决心，为你我一定认真地做人了。

因为昨晚一宵苦思，今晨又觉满身酸痛，不过我快乐，我得着了一个全静的夜。本来我就最爱清静的夜，静悄悄只有我一个人，只有滴答的钟声做我的良伴，让我爱做什么就做什么，不论坐着，睡着，看书，都是安静的，再无聊时耽着想想，做不到的事情，得不着的快乐，只要能闭着眼像电影似的一幕幕在眼前飞过也是快乐的，至少也能得着片刻的安慰。昨晚想你，想你现在一定已经看得见西伯利亚的白雪了，不过你眼前虽有不容易看得到的美景，可你身旁没有了陪伴你的我，你一定也同我现在一般地感觉着寂寞，一般心内叫着痛苦的吧！我从前常听人言生离死别是人生最难忍受的事情，我老是笑着说人痴情，谁知今天轮到了我身上，才知道人家的话不是虚的，全是从痛苦中得来的实言。我今天才身受着这种说不出叫不明的痛苦，生离已经够受了，死别的味儿想必更不堪设想吧。

回家去陪娘去看病，在车中我又探了探她的口气，我说照这样的日子再往下过，我怕我的身体上要担受不起了。她倒反说我自寻烦恼，自找痛苦，好好的日子不过，一天到晚只是去模仿外国小说上的行为，讲爱情，说什么精神上痛苦不痛苦，那些无味的话有什么道理。本来她在四十多年前就生出来了，我才生了二十多年，二十年内的变化与进步是不可计算的，我们的思想当然不能符合了。她们看来夫荣子贵是女子的莫大幸福，个人的喜、乐、哀、怒是不成问题的，所以也难怪她不能明了我的苦楚。本来人在幼年时灌进脑子里的知识与教育是永不会迁移的，何况是这种封建思想与礼教观念更不容易使她忘记。所以从前多少女子，为了怕人骂，怕人背后批评，甘愿自己牺牲自己的快乐与身体，怨死闺中，要不然就是终身得了不死不活的病，呻吟到死。这一类的可怜女子，我敢说十个里面有九个是自己明知故犯的，她们可怜，至死还不明白是什么害了她们。摩！我今天很运气能够遇着你，在我不认识你以前，我的思想，我的观念，也同她们一样，我也是一样地没有勇气，一样地预备就此糊里糊涂地一天天往下过，不问什么快乐什么痛苦，就此埋没了本性过它一辈子完事的；自从见着你，我才像乌云里见了天，我才知道自埋自身是不应该的，做人为什么不轰轰烈烈地做一番呢？我愿意从此跟你往高处飞，往明处走，永远再不自暴自弃了。

三月二十二日

在尸首遍陈的战场，我会梦见您的倩影

曹越华写给王德懿

1944 年 9 月 29 日

曹越华（1918— ），四川邻水人，原中国远征军新编第 30 师翻译官，中校。1944 年 7 月下旬，一纸命令将当时在昆明炮兵学校担任盟军翻译的曹越华，变成了中国远征军的一员。曹越华没有来得及与未婚妻王德懿告别便匆匆启程，奔赴缅甸抗日前线。密支那是缅甸北部边陲重镇，也是第二次世界大战期间战斗最为惨烈的地方。曹越华抵达战场时，正值密支那战役尾声，战况尤为激烈。作为翻译，曹越华主要承担中国军队与盟军之间的翻译工作。在战场出生入死两个月后，曹越华给远方的恋人王德懿写下了第一封信。1945 年 8 月底，曹越华凯旋。10 月，与王德懿举办了婚礼。两位老人在 2013 年举办了结婚 70 年纪念，这封信被再次宣读，被称为世纪情书。

亲爱的德懿：

当您看到这封信的时候，我已参入在捍卫国家和民族第一线战士的队伍——匍匐在密支那阵地的战壕里了。

7 月 28 日，我突然接到炮校上级命令，立即调往缅甸前线，军令如山，说走就走，马上出发。我来不及告诉您，就被军车直送西站外的巫家坝飞机场，所幸途中巧遇程君礼，才在车上向他大喊了一声"我先飞到印度去了，请转告德懿"。

这是我青春时代第一次以最庄严的生命名义，用"壮士一去不复返"的气概出征。此时，感到周身涌动的是滚烫的热血，满腔起伏的是沸腾的浩气，但也不免在心底泛起一波文弱书生的涟漪。

从四季如春的昆明起飞，我们搭乘的是军用运输机（型号为道格拉斯DC-3），途经驼峰航线（Over The Hump）。机舱设备很简陋，除装卸时留下的尘土外，空空荡荡，无坐凳栏栅，窗门也封闭不严。当飞机跃上6000公尺的高空时，气温陡然一降，很快仿佛到了寒带里，令人坐卧都颤颤抖抖，僵缩一团在机舱角落的地板上。既有初上战场的紧张，还有高原反应的迷糊，更有前所未遇的寒冷，十分难耐。越过"驼峰"后，飞机下降，气温却在迅速上升，而快到印度的都门都玛机场时，顿觉十分炎热。当机舱门刚打开，一股热浪便扑面而来，我又被笼罩在热带中，立即大汗淋漓。在此一天短短的几小时内，我经历了温、寒、热三带，领教了似乎是预兆战争诡谲多变的"气候"。我们在都门都玛待了两天，换上了中国驻印军的英制军服，黄色的衬衫、裤、圆钢盔，还有羊毛线的白袜子，接着，再直飞缅北重镇密支那。

当晚，我被浸泡在新一军新30师88团第3营在前线阵地上专门搭建的一个"人"字形架战壕里，热带气候暴雨如注，刹那间就灌满了水。伸手不见五指漆黑的夜空，火光升腾、硝烟弥漫，四周的枪声、炮声、雨声交混在一起。这情形将一个从未摸过枪的人推到极度的考验之中。

我身陷"水牢"，从睡到坐至站立，手托起衣物，又冷又饿又疲倦，煎熬着寒冷的雨水刺骨，颇有万箭穿心之感。如果说生命的本体还有意识，那就是一种强烈的"三感"：一是对您——远方恋人的思恋感，二是对父母养育的谢恩感，三是对生命死亡的恐惧感。它们强撑起我的精神，盼望着早来胜利的黎明。

"否极泰来"这一条定律，最适合的是一个人境况突变带来思绪巨大的落差。炮火闪耀的亮光中，我看着眼前这片血色的焦土，心中想到的却是幸福玫瑰的绽放。

难忘那：昆明，一座美丽、英雄的城市，天上人间都可圈可点。她不但让世界感到有天然之春的气候、春的气息、春的气象，更使我们觉得有人生之春的情感、春的情调、春的情怀。"镶嵌在市区一颗绿宝石"的翠湖公园，垂柳和碧水构成其主要亮点，使"翠堤春晓"闻名四方。自从我们参加您妹妹德芬她们西南联大学生组织的研讨抗战形势、国家前途、民族命运的众多报告会、座谈会、联谊会、交际舞会上相见相知后，爱情的序幕就是从这充满着一片青春永恒的本色——鲜绿的屏障中拉开的。身置最美丽的风光，身临最美好的境界，身处最美妙的年华，我们经常在这翠柳浓荫下窃窃呢语，清湖明镜边依依偎肩。从战争谈到生活，从现实谈到理想，从东方的文学谈到西方的艺术。

在北碚复旦大学的课堂上，著名教授曹禺先生讲解世界戏剧大师莎士比亚的名作《罗密欧与朱莉叶》，常是一场绘声绘色的演出，总让我如痴如醉，流连忘返，将我带入艺术的圣殿。以至使我还曾写过一篇"万言书"来表达自己立志从事戏剧事业的情怀与梦想，并交给了曹禺教授，受到鼓励。这一切却都被眼前万恶的战争毁灭了。但在与您感同身受的心触情融中获得了理解："我五年烽火流亡，一路殊辛弦歌绝唱，经四所著名高校涅槃毕业，追求的就是一定首先要找能成为爱国先锋才会爱家的热血同学为伴侣。"然后，您又倾诉了"自己的家园——祖上声望冠名的南岸王家沱早年就成为重庆唯一的日本租界，惨遭列强践踏长达30多年，今天这些强盗又吞并了我们祖国的大片河山，您来前线为盟军服务，一定要彻底打败他们，雪耻相报真正的国仇家恨。"这些推心置腹的话语，被耳旁的柳絮亲热地拂着脸庞来回传送着，其后随水面逐荡起层层温馨的"波纹"，直至被收藏进湖心深处。此景此情竟独创成为我们别具一格的"柳誓湖盟"。

难忘那：我俩正式蜜交"牵手开步"穿越昆明标志——金碧大道上相邻的金马牌坊和碧鸡牌坊，带着生肖的缘分，融入于人世间"彩云之南"一个寓意古老而美丽爱情的传说，对峙我们"永恒的钟情一见"；又在同圆满中秋生日的时辰，让太阳西下辉映着碧鸡牌坊的倒影，与月亮东升光透着金马牌坊的倒影随之移合、重叠，显现"金碧之交"，构筑起我们的"金碧辉煌"之恋，而随之沾名传耀扬世；尤其用中国特有的历史传统文化门洞式建筑——牌坊，铸就的是东方古典含蓄、凝敛忠贞的情调，其意味远比春城"大光明"剧场观看美国著名戏剧家丽琳·海尔曼的《守望莱茵河》与"南屏"影院放映的美国好莱坞"一战"经典大片《魂断蓝桥》——西方爱情奔放的罗曼蒂克色彩更胜一筹。

难忘那：闲暇时，我们常常相邀您妹妹及男友和同学杨郁文、杨小捷两姊妹（后居美国），谢邦敏、谢邦杰两兄弟（后居美国）等双双对对去誉为上海的"大世界"、与重庆陪都都邮街齐名的晓东街"赶场"游玩。星罗密布的咖啡馆、酒吧、饭厅、商场，不时穿梭着美式敞篷吉普或"道奇"卡车，串起一派熙熙攘攘、车水马龙、热闹繁荣的浮世景象。大量援华美军以及大西洋彼岸物资涌入的西式街，两旁店、摊货源丰富，男用消费品：Camel（骆驼牌）香烟、"警报"酒；女用消费品：Pounds（旁氏）雪花膏、Maxfactor（密斯弗托）化妆粉；还有大家共用的日常生活用品：Colgate（高露洁）牙膏，Safe Guard（舒服佳）、Rolex（力士）香皂等琳琅满目。最时髦的当数美国肉色长筒玻璃丝袜，质地透明，虽是超薄型，却十分耐穿，套在脚腿上，显露裙衩处，美观、大方，东西方习俗的亮点同收眼底。我们男人流行的时装是深色的长衫，你们女人靓丽的服饰是各种花色的旗袍，稍有讲究的还在下摆处镶上花边，这些深受青睐与追捧。

最温馨的还是一同去郊游。踏青螳螂川，沐浴"天下第一汤"安宁温泉的龙气玉液；登高五华山，听圆通寺的暮鼓晨钟；近临大观楼，眺望五百里滇池；逛文明街，领略"三市"（即夜市、春节儿童玩具集市、书市）所体现出的老昆明人文精华和古风民俗。除此以外，我们还光顾光华街上"第一中菜馆"的"海棠春"，景星街上的"小胖子烧鸭""仁和园破酥包子"，特别是品尝家乡人开办的"蜀香川菜馆"之麻辣佳肴。昆明的"过桥米线""炖牛奶""烧饵块"等名小吃也能一饱口福。这使我们将激情、热情、豪情、爱情的兴奋点集聚一起，在战火纷飞的年代，乐享"枪炮与玫瑰"生活中青春岁月难得的愉快。

天亮了，我们终于取得了长达100多天反攻、收复缅甸第一大战——日寇占领集铁路、公路、水路和航空等四维交通空间为一体的战略重地密支那之完整胜利。

随后部队利用雨季，做了一月多的休整。此间，中国驻印军奉命进行了改编，正式扩为两个军，即新一军和新六军。由此，我被上调到新一军新30师师部翻译室做中校主任。

9月中旬的一天，我随同师长唐守智，万分荣幸面见了由军长孙立人陪同前来阵地视察的中印缅战区总司令史迪威将军，并担任翻译。

稍后，我们聊起了有关战争感想的话题。史迪威将军说："人类大体上有两种竞技角逐，一是文明的体育，二是野蛮的战争。我是一生都有所经历——自己出生在美国佛罗里达州一个农场主的家庭，从小爱好体育运动，在读杨克斯高级中学时就是校足球队运动员，1898年夺得了威斯特切斯特郡冠军。17岁考入美国西点军事学校，在这期间荣获过'优秀足球运动员'的称号；现在是人到老年再处于人类最残酷血腥的战争。这些虽都是具有智慧较量、力量对比的因素，但战争毕竟不是足球，它是以人的生命为资本进行运作，可不能有丝毫的闪失呀！"我听后异常兴奋，紧接着向他说："将军，我也是一个在学生时代起就酷爱足球的运动员，从小学、初中、高中到目前就读的复旦大学一直是学校足球队的中锋，深能领悟您这番话的精髓，只不过现在我纯粹还是一个年轻稚嫩的参与者。"他听后十分诙谐笑着："好啊，用你们中国人的话讲我们是真正的'知音'了，那么眼前就要学会在战争中'运球'，去争取'破门'的胜利。"一席话让我热血沸腾，激动不已。

德懿，部队又要开拔了，将继续向南挺进，目标是南坎、苗堤等，直至解放中部重镇八莫，会师乔梅。在缅甸热带的丛林里、在异国雨季的行军中、在伤员浸血的绷带间、在尸首遍陈的战场内，似乎天天我都会梦见您的倩影。

此时，千言万语，汇集在心窝就是一句话："My darling, please give me a definite answer, which will reflect my once-pale youthfulness. I'll repay you a heart-to-heart smile and love, which nothing in the world can deprive

1945 年 10 月，曹越华、王德懿举办了西式婚礼

2015 年，曹越华和王德懿结婚 70 周年

me of .When the war is over, we shall, hand-in-hand, build a small castle on the yellow soil, and while warming outselves in a fire, listen together to the beautiful singing of the early-spring cuckoo. Cuckoo, jiugjiu, pwe twetawu. Cuckoo, jiugjiu, pwe twetawu."

（"亲爱的，给我一个答复吧，您深情的目光辉映着我曾经苍白的青春，我将回报你最倾心的微笑和任何风浪都无法剥落的温柔。战争结束后，我将在黄土地上筑起一座小小的城堡，让我俩相偎守着炉火倾听那杜鹃鸟清啼的声音，咕咕—咕咕—咕咕。"）

代向德芬、君礼问好！

越华

1944 年 9 月 29 日

放走的俘虏
光着膀子跑回来了

袁志超写给八弟袁军

1949 年 5 月 31 日

袁志超（1925—2003），1944 年参加革命，1947 年调至豫皖苏军区政治部，后编入第二野战军。1950 年进藏，后长期扎根在青藏高原。

1949 年 4 月 20 日，中国人民解放军发起渡江战役。时任第二野战军第十八军政治部秘书的袁志超，奉命堵截当时绕道逃跑至浙江省开化县的国民党安徽省政府主席张义纯和他的残部，双方在马金岭一带交战，最终以第十八军大获全胜宣告结束。袁志超给自己远在老家的八弟袁军写了这封信，生动记录了马金岭战斗的细节。

亲爱的八弟：

你阳历四月廿三日寄给我和你四哥的信，我于五月廿八日收到，我看了你的信，发现你比以前是有了很大的进步，信写得很好，希望你要更好地学习。

我接到你来信的地方，是江西省东北方向乐平县城里，你们一定是想不到的吧！我们应该谢谢做邮务工作的同志，我真想不到在战争中，又是这样远的路还能接到你们的信。

亲爱的八弟，你就拿起这封信来去读给母亲听吧，她老人家听了心里一定很欢喜的，我现在就把我们过江以来的许多事情拣重要的讲给你们听吧！

你们应该知道，在四月五日到二十日的十五天中，我们是和国民党谈过和平的，我们的毛主席为了少打仗，少叫老百姓受苦，少破坏许多财产，少死伤人，于是提出了八个条件叫国民党接受，谁知国民党这伙反动家伙顽固到底，不愿意接受和平条件，于是在四月廿一日那天，毛主席和朱总司令下了命令，叫我们三路解放大军一齐过江，去把国民党反动军队消灭光，解放江南人民，建立自由、幸福的新中国。我们接到命令后就过江了，因为队伍成千成万的，很多，一时过不完，我们等到廿四日才渡过长江的。廿三日这天晚上，我们冒着大雨跑了七十里路，赶到长江边，住到一个村子中，这地方是安徽省桐城县，这村子的名字叫随河集，到长江只二里路，村旁有条河直通长江的，我站在这河堤上顺着河面一直望去，只见白茫茫一片，问老百姓以后，知道这片水就是长江。有许多挂着白帆的船从那里开来，停在村子旁，江边驻的十七军的同志告诉我，这许多船都是回来休息的，刚才有我们大批队伍过江去的。

回到村子中。一心盼着快天黑再快天明，好快些过江，看看长江到底是个什么样子，我们有许多同志知识缺乏、不懂事，在过江以前闹过许多笑话，有的说长江没有边，过半个月还看不见岸；有的说长江的水面善心恶，看着好像没有事，一出了事就没有命了；也有的说江里有江猪，来了一群一家伙就把船撞翻了……闹得许多同志害怕。这次来到江边，并且马上就过了，大家都想好好看一下，到底是个什么样子，看看到底有没有江猪。这天晚上，我在灯下拿出纸和笔来要写信给你，想把许多事情告诉你，我写了一张就再也写不下去了，原因是我疲劳得很，我想伏在桌子上想想写什么，结果睡着了，所以信没写起来。

第二天一早起来，跑到江边，这时有十多条帆船靠岸排着，天气很阴沉，下着蒙蒙的细雨，一眼望去，白茫茫的一片水。对岸的树看起来很小，要往东西望，就望不到边的，船夫说这地方的江面是四里路宽。我们上了船，静静地在水上走着，十多条船一齐开，船头上的水打着船板，泼啦泼啦地响，在岸上看江面还不算宽，船一到江心，就看出江面是很宽了，岸上的人群远远望去，好像许

①

②

③

④

⑤　　　　　　　　　　　　　⑥

（图片提供：中国人民大学家书博物馆）

多蚂蚁一样。

我就和水手谈起话来了，我问他第一批队伍是怎样过的，他说："廿一日下午，太阳还没有落，许多解放军就来了，船是早已预备好了的，大炮都架在船上，机关枪架在船头，岸上也架满了大炮，一阵风把船推开江岸时候，机枪大炮就打起来了，这时候耳朵只听见轰轰地响，啥也听不见了。"

"敌人在那边也打枪打炮的。"他指着船帮上的一个洞说，"这个窟窿就是被国民党军队打的。"

"以后呢？"我问他。

"以后敌人没等你们上岸就逃走了，你们人一上岸就追，我开船回来的时候，是带了七个俘虏回来的。"

"嘿，我一辈子也没见这样多的军队，过了四天四夜都没过完。"我告诉他，这些队伍不过是一小部分，有几百万人都在一齐过江呢！

"嘿！"水手伸伸大拇指说，"我是和同志们第一批打过去的！"他对参加作战，觉得很光荣。

船有四十分钟的工夫就到对岸了，这时候下起雨来了，我下船时一不小心跌倒在泥里去了，大家都笑起来。

南边岸上敌人挖了许多战壕，修了许多地堡，在这战壕、地堡周围有许多大大小小的坑，那都是被炮弹炸的。田里的麦子像用镰刀割了一样，还有的烧焦了，也都是炮弹炸的。从这上面看，当时我们的炮火，打得敌人头都抬不起来的。

一过江，走了两天，就到山里来了。（过江去的地方是安徽贵池县）这时候天天下雨，没有看到晴天过，有时晴半天，马上又下起雨来了。我们都有伞，身上湿不了，但是脚天天插在水里。这地方的山，满山上生了许多树木，野草都长得很深，还有许多竹子，满山满谷地长着。天一下雨，山沟里的水就涨大，从山顶流到山下，哗啦哗啦一天到晚都是哗啦，说话都听不见。山里有很多云彩，一下雨，云就把山包起来了，天一晴，云就变成一块一块的在山尖上飘来飘去。山上开满许多野花，红红绿绿很好看，有一种花很香，一路上时时闻到一股清香。

走到贵池县的南边，老百姓因为不了解我们是什么队伍，他们听了国民党的欺骗宣传，说是共产党见了妇女就拉走，见了青年就叫当兵，所以都跑掉了。我们在路上走了五六天，就没见到个老百姓，他们都跑到山上去躲起来了。

住到一个村子，一个人不见，吃粮食找不到人，烧草也找不到人，我们只好拿老百姓的柴烧，烧了以后拿出钱放到他家。

有一天到了一家，我们都住在楼上，这楼上相当漂亮，有字画、桌子、几子摆的很整齐，看上去是个地主，家里人是一个也没有。刚解放过来的许多同志，看见他家没有人，就乱翻乱找，想找好东西，都被我批评了。第二天临走时，你四哥写了一封信贴在他家墙上，告诉他们不要害怕，解放军是不打人不骂人不害苦老百姓的。

这些老百姓因为不了解我们，跑到山上去逃难。天又下雨，也没有避雨的地方，又没饭吃，淋的浑身是水。一家人在树底下，又冷又饿，衣服湿了都贴在皮上，像猴子一样，光瞪着眼睛喘气。有一家五天没吃饱饭，饿死一个小孩子，老头子饿得走不动了就躺在山上。有的老百姓觉着在山上也是淋死饿死，不如下去看看。胆子大的硬着头皮回家，进家一看，队伍一个没有了，东西一点也不少，烧的草吃的米还留下钱。他们看了又惊又喜，想不到世界上还有这样好的队伍。于是回山上把所有的人都叫回来。

我们走在路上看见许多男男女女，老老少少的一群一群地回家，有抱着孩子的，有挑着担子的，有背着包袱的。我们见了就向他们宣传，说我们是解放军，是爱护老百姓的，看见他们的小孩子饿就拿出我们带的饭给他吃。他们也就不怕我们了，谈起来，他们大发牢骚，骂国民党不是好东西，不该欺骗人说共产党杀人放火，吓得他们淋了几天雨，饭都吃不上。他们说，谁再听国民党这些王八蛋的话，就不是娘养的。我们看了又是好笑，又是同情。

他们里面年轻的妇女、姑娘都穿起老太婆的衣服来，装有病，还把脸上弄得很脏，等到一看到我们再好也没有的时候，就都到河里去洗脸，有病的也都好了，都说："快回家吧！"她们背的包袱被雨打湿了，好几十斤重，背起来越走越沉，越沉越背不动，真是活受洋罪。他们也都又气又喜，气的是受了国民党的骗，吃了个大苦头，喜的是碰上了好军队，财产没损失，人也平平安安。我想他们以后见到解放军一定不会再往山上"逃难"了吧！

五月一日，我们到了安徽南部的祁门县。这天我们爬了一个高山，这山叫大横岭，上七里路，下八里路，我们爬了一上午才爬上去。在山上一望，下面的人好像一个一个的小黑豆子一样，马就像一个个小蚂蚱。在这山顶上一望，只看见大山、小山，乱七八糟都是山，一山挤着一山，路都是绕在山腰上，有的就在山顶上。这天大家情绪特别高，大家鼓起勇气爬。文工团的军乐队在山顶上吹起军号，打起铜鼓，唱歌子。军号的声音又嘹亮，又清楚，他们一齐吹起《解放军进行曲》，号声传得很远，大家一听就不觉疲劳了，都加油往上爬。大家你帮我担挑子，我帮你背背包，他帮他扛枪，互相帮助，互相友爱，互相鼓励，结果大家都胜利地到达山顶。

祁门县到浙江不远的，这地方过去是红军活动的地方。我们在许多村子的墙上看到过去老红军写的标语，有写"中国工农红军万岁！"的，有写"打倒帝国主义！"的。我们看到了这标语，心里对它很亲切，想起当时我们的老大哥在这里奋斗是多么不容易呢！今天共产党的军队又回来了，把国民党军队消灭了。我想，我们今天有许多伟大的胜利，也都是因为有红军老大哥奋斗的结果。

五月六日，我们已经来到浙江省边了，在安徽祁门县和浙江开化县交界的地方有一个山叫马金岭，上十五里路，下十五里路，上下就有三十里路，这一天爬了这座山。七号，驻浙江省开化县西北部马金镇的一个小村子叫下田，在这里我们打了一个漂亮仗。

国民党的安徽省主席、上将张义纯带了安徽省保安司令部和保安五旅跑到我们附近的一个村子叫田畈庄的，这些人一共有五千多，有炮两门，轻重机枪三百多挺。他们本来想跑到浙江溪口去找蒋介石一伙的，但是没有走多少路时，杭州被解放军打下了，过不去，又想到江西上饶（就是国民党囚禁我们新四军同志的地方），但是上饶又被我军占领了。他们又想回头北窜，这一天就碰上了我们十八军了。他们不知道我们来得这么快，就住下来做饭吃。他们就玩起老把戏来了，杀鸡、杀猪，把老百姓的牛捉来杀。老百姓看事不好就把牛绳放开，放到山上去，蒋匪们就去追，追不上就用枪打。村子的妇女们被他们强奸了。老百姓说："你们不是说中央军不害老百姓吗？"蒋匪们说："现在是困难时期，你们应该帮忙。"老百姓都吓跑了，也就来我们这里报告了。

军首长一听这消息，就马上下命令，调了部队都打他们。但这时是没有多少队伍的，集中了三百多人，把这五千多人截在山里不让他们跑掉，同时打电报，调五十三师赶快来包围。这天夜里我正在打电话问我们站岗放哨的情况，忽然电话不通了，原来是张军长和陈参谋长来谈作战问题，听见张军长说：

"把敌人阻止住，用炮轰他一家伙，不让他跑掉，如要跑掉就坚决地打……"

我因为这是有关军事秘密的，不能听，就赶紧放下了耳机子，这时候炮声轰轰地响了起来，机枪也哒哒地叫起来，秘书处里的几个小同志高兴的跳起来。大家一心要看看打仗，我批评他们，谁也不准乱跑，但他们坐不住，都溜出去望，见有从那边来的同志就打听消息。

这一晚上，我就没有睡觉，一会儿电话铃叮铃铃地响了：

"喂！喂！你是袁秘书吗？你赶快通知派人到东头小村子上放一个班的哨……"

电话铃又响了："喂！喂！你是袁秘书吗？赶快通知侦察营一连送重机枪撞针来，赶紧送炮弹去……"

这样的事情一会儿就来了，一会儿就来了。

半夜里电话铃又响了："喂！喂！袁秘书吗？现在已捉到俘虏二百多名了，机枪缴到三十挺了……"

电话又来了："袁秘书！袁秘书！马上准备能容三百名俘虏的房子，马上，马上，快，快……"

第二天早晨，来了大批的俘虏。男的、女的，戴眼镜的、穿皮鞋的、留洋头的、穿一只鞋的、想换老百姓衣服只换了一半的、包着头的、扎着胳膊的、瘸着腿的、

117

姑娘、小姐、少爷、老爷一大堆，都押着送来了，都押在昨夜找好的一个大院子中。

下午，王副政委喊我："喂，袁秘书，赶紧组织放俘虏，这任务交给你，赶快，放他们一部分快走，盛不下了……"

我回到秘书处，马上把你四哥和王同志、章同志、李、宋、夏……各同志召集起来，发钱的发钱，发米的发米，写证明的写证明，检查的检查，登记的登记。由敌工部里把要放的俘虏一批一批地介绍来，我们就一批一批地放出去。

"哎！长官呀，多给点钱吧！……"

"报告长官，路条的日子多写几天吧！……"

释放的这些俘虏都是些中小官员和他们的老婆、孩子。这些家伙平日喝老百姓的血，今天什么把戏也没有了。

"袁秘书，这一批是五十七名，交给你……"

"袁秘书，又来了一批，这是四十五名，是释放的。"

一批一批地放，简直是忙不过来，组织部郑干事、任干事也都来帮忙了。

天晚了，好容易休息一下，到街上散步，有几个释放的俘虏又跑回来了。这几个都是官员，呢子军装没有了，又大又重的包袱也不见了，光着膀子，气呼呼地跑回来，像老鼠一样，又慌张，又机警，一双眼睛溜溜地乱转，口口声声说是"被土匪抢了""被土匪抢了"，大惊小怪。

我说："你乱喊什么？什么是土匪？你们过去对待老百姓太'好'了，这是你们自己找的！"

我们清楚知道这事情，一定是受他们害的老百姓今天来报仇的，这些家伙杀老百姓的牛、猪、鸡，抢老百姓的米。我们的房东一点米都没有的吃，猪也被杀吃了，鸡剩下一个会飞的逃掉了。附近几个村子受害也不浅，一个六十岁的老大娘也被他们好几个人强奸了，这里的老百姓一见有这样的机会一定会来报仇的。

说着说着，又有一群刚才放走的俘虏光着膀子跑回来了，衣服、包袱、皮鞋、眼镜，发给他们的米、钱统统没有了，慌慌张张，也是呼呼呼呼地喘气，心扑扑地跳，不用说，又是被老百姓截下了。我想，你们把人家的牛都杀了，妇女都强奸了，今天脱光了衣服算什么?

这一群逃回来的俘虏官，惊慌失措，说是他们中有一个人被打死了，是用石头砸的。有一个说是亏他跑得快，要慢两步就有性命危险。有一个上校办事员，把血腿举给人家看，说是这是被刀子劈的，说起来装个可怜样子给别人看。

"长官想办法呀，一个米也没有呀，冷呀……"

他们好几个嘴一齐向我说这样的话，嗡嗡嗡嗡塞了我一耳朵。我说:

"你们杀老百姓的牛，杀老百姓的猪，老百姓在一旁给你们叩头，叫老子，你们良心动了一动没有? 你们强奸妇女，人家跪下哀告，你们良心发现了没有? 你们这是自作自受。路费、米都统统发过了，你们自己想办法，我们一概不管! "

"呀! 长官哪，我们没有杀牛呀! 也没有欺辱妇女呀! 那都是别人干的……"

"不要多讲，就是别人干的，你们在一旁说句公道话没有? 牛被杀，人被强奸，老头子被拉夫，被打死的时候，你们说句公道话没有? 你们好好想想! "我严厉地熊了他们。我说: "统统都走! 不要站在这里! "于是他们都成群结队地走了。

一会儿又跑回来了，说是东边的路也走不通，原来往东路去的俘虏官也同样的赤手空拳光着膀子回来了。他们联结一队，说明天傍着解放军走，就安全了。

我大声告诉他们说: "你们今后要好好记住，你们要害老百姓，老百姓也决不饶你们! "

这一次战斗结果是俘虏敌人四千五百多，活捉安徽省主席张义纯，机枪三百多挺，其他缴获也很多。

在这战斗以后，我们在浙江开化县华埠镇住了一个星期，就开始到江西乐平出发了。往乐平去中间经过德兴县，这县内有方圆五十里路大的地方，居民很少，四处都是荒野，原因是这地方的水不好，凉水喝了就会胀大肚子，骨头发酸，十年廿年也治不好，也死不了，两条腿插在水里日子久了，就变成烂腿了，肿得很粗，起瘤子，流清水，一直到死也不会好。德兴附近老百姓，轻易不敢到这地方，有事经过，也都是快快地走过去，不敢久住。

我见到好多生在这块地方的人，都是粗肿腿。问他怎么搞的，都说是水不好。有一个二十多岁的青年，一条腿粗，一条腿细，粗的发紫，许多瘤子好像一堆堆的紫樱桃。他说这条腿有十多年了，从十几岁就有，一到秋天就流水，发痛。一知道这个情况，我们大家都互相警告，任何人都不准喝冷水，不准用冷水洗脚，据说烧滚的水是不要紧的。这地有三千多亩平田，没有人敢去种。经过这个地方，我们急急忙忙赶过去，没敢停留。因为这地方人少，所以野猪很多，三十五十一群，不算回事。

我写信的地方是乐平县城内，你四哥前天到后方去带病号去了，是到上饶，有火车、汽车可通，过几天才能和其他同志回来。我这次在行军中立了功，是个三等功，上级对我加以表扬，还发的喜报，报到县政府，再转到咱家中的，这个喜报我已寄沂东县政府了。

我们这次去打广西队伍，即是打李宗仁、白崇禧，大概还要到湖南、广西去。

我写这信的时间不早了，现在已是鸡叫了，就此搁笔吧。今天是端午节，你们在家很热闹吧？我现在又兼做指导员的工作，所以更忙一些。

新中国就要诞生，希望你还是多学习文化，以后好多为人民服务，就是在家帮助种田，也别忘了读书。你要告诉父亲，以后用人才很多，如果现在光知种田就会误了以后的前途。

这信你可转寄给五姐、七哥、七姐看！

祝你进步！

母亲健康

父亲健康

哥哥志超寄自江西乐平

于端阳节夜（1949年）

这可是大汉盛世，
你去努吧，跟你没话

杨恽写给孙会宗

公元前 54 年 5 月

杨恽（？—前54），字子幼，西汉政治家。汉宣帝时升至诸吏光禄勋，位列九卿。其父杨敞曾两任汉宣帝朝丞相，其母司马英是著名史学家兼文学家司马迁的女儿。司马迁死后，《史记》原稿藏匿在司马英家中。杨恽将外祖父这部尘封了二十年的巨著献出，公开发行，从此天下人才得以共读这部伟大的史著。步入仕途的杨恽生性孤傲不羁，树敌颇多，终因被太仆戴长乐检举"以主上为戏，语近悖逆"使汉宣帝将其下狱。释放免为庶人的杨恽开始以财自慰，纵情享乐。安定郡太守孙会宗是杨恽的老友，写信劝他应闭门思过以再展抱负，不该如此消沉堕落。杨恽写了这封回信《报孙会宗书》作答。其后出现日食凶兆，养马的小官成上书将其归咎于杨恽的骄奢不悔过。杨恽再次入狱。廷尉按验时在他家中搜出这封信，汉宣帝看后大怒，判以大逆不道罪，将杨恽腰斩。孙会宗也因此被罢官。

　　我杨恽才如朽木，行为不堪，从外表到内心都没什么底线。不过是仰仗先人留下点影响，在官中谋得个一官半职。事有凑巧，还让我混了个爵位。但我终究不是当官的材料，所以就摊上事了。您是看着我笨，写信教导我改正缺点。您的好心我知道，但让我不满的是您根本就没有深入思考，说的都是大家都在褒贬的套话。我要是说点自己的真实想法吧，就好像老跟那儿说自己对，成心跟您对着干。

我要是不说呢，又怕违背了孔圣人让人畅所欲言的教诲。所以，我还是多少说点，您看是不是有道理。

我家红火的时候，能享受红轮马车待遇的有十个人。我也是位列九卿，封了平通侯，统领朝内百官，参与国家大事。我这么位高权重的时候也没能有所建树，推进思想建设，也没能团结广大干部，同心协力给朝廷干点实事。尸位素餐的时间长了，自己也觉得不好意思。就是因为老惦记着能拿工资，贪恋权势，不愿意主动离开岗位，所以才摊上了事。结果因言获罪，一家老小都进了监狱。那个时候，我真觉得就算杀了我全家，也弥补不了我的过失。要不是皇上宽宏大量，我还真没想到能活着出来，家族香火还能延续。大人物想大事干大事的时候，就会乐以忘忧。小人物只要能活着，就会乐以忘罪。我觉得自己是犯过大错、造成过重大损失的人，当个农民过完这辈子就完了。所以我就带着老婆孩子天天种地，浇园子、置产业，也能给国家做点贡献，没想到您还拿这事挤兑我。

我跟您说，凡是人性无法克制的欲望，就是圣人也管不了。所以伺候君王，给父亲送终，这都是有时有晌的事，干完就完了。我那点事都已经过了三年了，脸朝黄土背朝天地干上一年，到十冬腊月，宰只羊喝点酒，犒劳一下自己不行吗？我老家就是西北的，自然就爱唱两句。我老婆是河北的，特别会鼓瑟弹琴。加上几个能歌善舞的丫鬟，酒酣耳热之时，唱点歌、跳点舞很正常。就算是荒淫无度了，又有什么呢？我们家本来就有钱，我又会做买卖赚钱，别人看不起商人，觉得脏，我还真就是当了个商人。下九流是吧？大家都喷是吧？是个人就害怕是吧？就算是那些自以为了解我的人，也都是随风倒，没一个说好话的。但是董仲舒大师不是说过吗？"天天求仁求义，老惦记着教育百姓的，那是当官的心思。天天求财求利，老害怕受苦受穷的，那是老百姓的想法。"所以，道不同不相为谋，你凭什么拿当官的路数批评我一个平头百姓呢？

你老家在西河，是魏文侯的故地，那里出了清高隐居的段干木，刚直睿智的田子方，潇洒，有节操，有气概，拿得起放得下。但是你离开了故土，到安定去做了官。安定这地方在山谷之间，人也视野狭窄。你该不是被这种环境改变了吧？现在，我倒要看看你能混成什么样，这可是大汉盛世，你去努吧，跟你没话。

原文

报孙会宗书

恽材朽行秽，文质无所底。幸赖先人余业，得备宿卫。遭遇时变，以获爵位。终非其任，卒与祸会。足下哀其愚蒙，赐书教督以所不及，殷勤甚厚。然窃恨足下不深惟其终始，而猥俗之毁誉也。言鄙陋之愚心，则若逆指而文过。默而息乎，恐违孔氏各言尔志之义。故敢略陈其愚，惟君子察焉。

恽家方隆盛时，乘朱轮者十人，位在列卿，爵为通侯，总领从官，与闻政事。曾不能以此时有所建明，以宣德化，又不能与群僚同心并力，陪辅朝庭之遗忘，已负窃位素餐之责久矣。怀禄贪势，不能自退，遭遇变故，横被口语，身幽北阙，妻子满狱。当此之时，自以夷灭不足以塞责，岂意得全首领，复奉先人之丘墓乎？伏惟圣主之恩不可胜量。君子游道，乐以忘忧；小人全躯，说以忘罪。窃自思念，过已大矣，行已亏矣，长为农夫以没世矣。是故身率妻子，戮力耕桑，灌园治产，以给公上，不意当复用此为讥议也。

夫人情所不能止者，圣人弗禁。故君父至尊亲，送其终也，有时而既。臣之得罪，已三年矣。田家作苦，岁时伏腊，烹羊炰羔，斗酒自劳。家本秦也，能为秦声。妇赵女也，雅善鼓瑟。奴婢歌者数人，酒后耳热，仰天抚缶而呼乌乌。其诗曰："田彼南山，芜秽不治。种一顷豆，落而为萁。人生行乐耳，须富贵何时！"是日也，奋袖低昂，顿足起舞。诚淫荒无度，不知其不可也。恽幸有余禄，方籴贱贩贵，逐什一之利。此贾竖之事，污辱之处，恽亲行之。下流之人，众毁所归，不寒而栗。虽雅知恽者，犹随风而靡，尚何称誉之有？董生不云乎："明明求仁义，常恐不能化民者，卿大夫之意也。明明求财利，常恐困乏者，庶人之事也。"故道不同，不相为谋，今子尚安得以卿大夫之制而责仆哉！

夫西河魏土，文侯所兴，有段干木、田子方之遗风，漂然皆有节概，知去就之分。顷者足下离旧土，临安定。安定山谷之间，昆戎旧壤，子弟贪鄙，岂习俗之移人哉？于今乃睹子之志矣！方当盛汉之隆，愿勉旃，毋多谈。

《见字如面》入选信件文档 编号 029

一直拿着国家的俸禄，
也就没有了退路

陈京莹写给父亲

1894 年 9 月

陈京莹（1863—1894），福建闽县人。1881 年考入天津水师学堂第一届驾驶班，三年后进入北洋水师，是当时中国海军不可多得的技术人才。1894 年，日本蓄意挑起事端，担任经远舰二副的陈京莹感到战事已不可避免，给父亲写了最后一封家书。甲午海战开始后，经远舰遭 4 艘日舰围攻。在管带林永升、帮带大副陈荣阵亡后，陈京莹作为指挥塔里军阶最高者，毅然接过军舰指挥权，最终不幸中弹牺牲。舰上水手在无人指挥的情况下，仍然坚守岗位，继续向日舰发炮还击，直至经远舰沉没，全舰二百七十多名官兵除十六人得救外，其余全部壮烈殉国。

父亲大人福安：

日本觊觎高丽已经很多年了。正赶上高丽国内土匪作乱，军队大败，土匪就要打到王城的时候，危在旦夕的高丽国王向中国请求救兵。中国兴兵平定叛乱，日本乘此机会也兴兵前往，名义上是保护他们的商人，实际上就是占领地盘。现在，日本军队在高丽的驻军有两万多人，随身带着地图、浮桥等装备，到处建行营、立炮台，并向中国提出了五点要求：一是说高丽不能再归属中国，二是说釜山要归日本，三是说巨文岛要归日本，四是说要中国给它二十五万两军费，五是说韩城要准许日本屯兵。如果中国不同意这些要求，他们就要发动战争。

最近，李鸿章中堂受到皇上的委派，亲自视察了海军。回去向皇上报告说，北洋海军操练纯熟，大有成效，请求皇上嘉奖，不能跟日本议和，坚决请战。还命令北洋海军及陆营预备军做好战斗准备。此后，海军提督请战三次，各陆营统领也屡次请战。但皇上说，今年是皇太后六旬万寿，不想动兵，几次降旨都让以和为贵。所以李中堂先找了俄国钦差调停，日本不听。后来又找了英国、德国的钦差，还是不听，非要满足它提的五项条款。但是日本人提出的这五条，是中国无论如何都不能接受的，恐怕今后双方必有一战。

按照我不成熟的看法，如果是陆战，中国可以有八成的获胜把握，因为中国兵多，而且道路通畅，可以保障后勤供应。但如果是海战，中国就只有三成胜算，因为日本的战舰更多，中国只有北洋水师的几艘战舰可以进行海战。南洋及各省的官船，不光是没有训练，而且船身都跟玻璃一样脆弱。况且这几年西方列强的军事装备日新月异，越出越奇，快捷灵活，火力猛烈，巧夺天工，我们是打不过的。两军交战，对双方都是灾难。就算是获胜方，十个人也剩不下三个，如果是海战，牺牲就惨重。所以，近几年英国与俄国、德国与法国，双方的冲突积累到就要开战了，最终也没敢真打。北洋水师的将士们清楚地知道这些情况，又眼睁睁看着马江海战惨败的前车之鉴，全都战战兢兢。但是，一直拿着国家的俸禄，也就没有了退路，只能准备战死了。

我们刚刚收到了李中堂的电报，命令全军明天下午一点开赴朝鲜。没说去干什么，但总归是准备一死就是了。我从小就承蒙朝廷造就，沐浴国恩不可谓不厚。现在国家有事，理应尽忠，这是人臣的本分。况且大丈夫战死沙场，这是人生幸事。父亲大人年将古稀，如果我死了，您会格外悲伤，那时的情景我当然能想象得到。但尽忠不能尽孝。虽然说尽忠也是在尽孝，但儿子的不孝，仍然是罪责难逃的。我的儿子还小，等他长大还要很多年。好在弟弟们已经长大，可以成家立业，供养父母了。希望你们不要总是思念我，家中上下要以和睦为贵，这样就不会让我在九泉之下老是担忧你们了。如果碰上大运，我们获胜了，而且我还活着，一定会再给你们写信，报告喜讯。希望是这样吧。

儿京莹禀

原文

父亲大人福安:

敬禀者，前书因心绪慌乱，故启衅之事未尽详陈，兹复录而言之。

日本觊觎高丽之心有年矣。兹值土匪作乱，高兵大败，将至王城，危在旦夕。高王请救兵于中国，中国兴兵靖难。日本乘此机会亦兴兵，名为保商，实为蚕食。现日兵有二万多，随带地图、浮桥等械，立炮台、设营垒，要中国五款。一曰高丽不准属中国；二曰要釜山；三曰要巨文岛；四曰要兵费二十五万；五曰韩城准日本屯兵。如不照所要，决定与战。

且此番中堂奉上谕，亲临大阅海军。方奏北洋海军操练纯熟，大有成效，请奖等语，自应不能奏和，必请战。亦饬北洋海军及陆营预备军火水药候战，海军提督请战三次，各陆营统领亦屡次请战，但皇上以今年系皇太后六旬万寿，不欲动兵，屡谕以和为贵。故中堂先托俄国钦差调处，日本不听；后又托英德钦差，亦不听，必要以上五款。然此五款，系中国万不能从，恐后必战。

以儿愚见，陆战中国可操八成必胜之权，盖中国兵多，且陆路能通，可陆续接济；但海战只操三成之权，盖日本战舰较多，中国只有北洋数舰可供海战，而南洋及各省差船，不特无操练，且船如玻璃也。况近年泰西军械，日异月新，愈出愈奇，灵捷猛烈，巧夺天工，不能一试。两军交战，必致两败。即胜者十不余三，若海战更有甚焉。所以近年英与俄、德与法，因旧衅两将开战，终不

127

敢一试也。北洋员弁人等，明知时势，且想马江前车，均战战兢兢。然素受爵禄，莫能退避，惟备死而已……

兹接中堂来电，召全军明日下午一点赴高，未知何故。然总存一死而已。儿幼蒙朝庭造就，授以守备，今年大阅，又保补用都司，并赏戴花翎。沐国恩不可谓之不厚矣！兹际国家有事，理应尽忠，此固人臣之本分也，况大丈夫得死战场幸事而。父亲大人年将古稀，若遭此事，格外悲伤，儿固知之详矣。但尽忠不能尽孝。忠虽以移孝作忠为辞，而儿不孝之罪，总难逃于天壤矣。然秀官年虽尚少，久莫能待，而诸弟及泉官年将弱冠，可以立业，以供菽水也。伏望勿以儿为念，且家中上下和睦为贵，则免儿忧愁于地下矣。若叨鸿福，可以得胜，且可侥幸，自当再报喜信。幸此幸此。

儿京莹又禀

《见字如面》入选信件文档 编号 030

聪明的傻二哥，你到底懂也不懂？

黄宗英写给冯亦代

1993年2月26日

黄宗英（1925— ），著名演员、作家。表演艺术家赵丹的妻子。1980年赵丹去世。1993年黄嫁给冯亦代。

冯亦代（1913—2005），著名作家、翻译家、编辑家、学者。

冯亦代和黄宗英早年就相识，共同活跃在左翼文艺战线上，冯亦代和黄宗英、赵丹以及黄宗英的哥哥黄宗江是多年的好友。但两人彼时各有各的事业和家庭。直到二十世纪九十年代初，两人再度走近，这时两人都已痛失伴侣，"成了夫妻树上的最后一片叶子"。两人的这段黄昏恋，在热烈程度上，丝毫不亚于年轻人。结婚前的一年中，黄宗英仍住在上海，冯亦代则居住北京，两人依靠书信倾诉着彼此间的热烈情感。这里收入的是一封黄宗英在调侃中催婚的情书。

亲爱的二哥：

阿朗寄来你在《新民晚报》上发的我兄妹二人的（摘函）。二哥，是我写信时曾允诺你几乎全文发我写给你的信吗？吓得我不敢再写了。本来，情人节怎么也会写几行，寄个卡，乃至说上几句悄悄话。

我第二次进精神病院了。

我在读白朗宁夫人的抒情十四行诗。

我幻想的白朗宁来把我接出医院。

我是因连续写作日夜不能勒笔致病而已。把创作意念冷藏保鲜，把稿纸对我封锁，略施医疗措施，也就能正常睡觉、走路了。

　　下一阶段将在医院中实验无日无夜激情大写而特写，看又如何……？

　　我不是个残废人，只不过艺痴魂魄相扰，才非常有可能成为半残人，这样一折和你门当户对了，聪明的傻二哥，你到底懂也不懂？

　　I miss you so much.

Honey　Ying

1993 年 2 月 26 日

黄宗英

黄宗英与冯亦代

这将是最后的聚首

冯亦代写给黄宗英

1999 年 7 月 12 日

结婚后，黄宗英从上海搬到北京。但两人毕竟年老多病，经常分别住院，聚少离多。书信仍是他们传递情感的媒介。几年之中，两人竟写下 300 余封情书。1999 年，黄宗英因病住院，7 月 13 日是她的生日，冯亦代坚持让她请假回家，想好好庆祝一下。一直惦记着冯亦代久不动笔的黄宗英，便趁机 " 要挟 " 冯亦代写封情书作为生日礼物，不见情书不回家。于是冯亦代花了一整天时间，写出了他给黄宗英的最后一封情书。

自从听说你要回上海去我心里就有一种绝望的思想，这将是最后的聚首，以后没有这样的机会了。我想我的病体，无法使我做长途的旅行，即使可能，但你是在上海治病的，那我就无法再接近你。你说着上海，我的心成为一个死结，理智上我知道你应该去，感情上我无法接受，我心中就只有和你最后一别的想法。这样的想法即使现在没有了，但仍有可能占领我，我就怕我们永远分别。

现在我这个人，说穿了，是为你而生存，因你而生存，再没有别的了。我们在一起之后，可以说是会少离多。总共这些年，不是我住院，就是你住院，结果是两人都住院，这样生活我都怕了。我原是对你这次回来抱有大希望，可是我又得去检查，虽然只有两个星期，那总是不在一块的。我很感谢你，那年你听说我病了马上回来，但以后你也病了，于是两个人又拆散了，这以后就成了恶性循环，不是我不在就是你不在，住院不可能住在一块的，简直成了家常便饭。这一次是我在家里养病，你在医院，总不能在一块，我所希望实现的，是永远永远不分离，总在一块，这是以后的日子必须做到的。这是我的想法，而且必须做到。

从现实讲，我是十二万分的爱你，比爱自己更多。你是我所见的唯一的天才。天才与疯狂本来是一根线两个面，不能严格分别，这是总难以分割，有一时是天才，有一时看是疯狂，问题不在你本人，问题在第三者不知的人要误解，而我看你的正是这个。有人说你处世疯狂，而我看来却是你的本色，天才就是这样的，但是凡人就看不惯。我好不容易找到一个天才，岂能交臂失之。所以有天才的人，也须有人识货，否则为凡人所笑。我就是这样看你的，而且有凡人所（后面三个字认不出），但我爱你钦佩你，要好好地培养你这一面，而不计较这疯狂的一面，我爱的就是这一面。其余的我可以不必管。世上能有几个天才的人，能有几个疯狂的人，我得了你，用我的余年来爱你，那是我的幸福，能有几个人得到这幸福？我得到了，这是我的彗眼，也是我的幸福，所以你也不必自责，天下有几个人能得到这个幸福呢？我居然有了，我连自庆也来不及，何来怨恨？我所顾忌的，只是我给你的爱，还是太少，不够，我将在来生做犬马来补偿，愿我今后给你更多的爱，更多的照顾，这样我才能报答你。

这就是我要给你的肺腑之言，用我的爱来（字认不出）我们的（此后字不能辨认），我们都是阎王殿里报了名的人，来日无多，唯有用最大的力量，来浇注这朵奇花，愿你我在互相勉励中，看好这朵奇花，在互相帮助的爱中，使它日益昌盛。

爱你的亦，为你祝福，为你添福
1999 年 7 月 12 日午后 2 时

爱莲女士进的好，
拉的香

婉容与文绣通信
约 1923 年

婉容（1906—1946），文绣（1909—1953），这两位女性的命运，都与清朝末代的退位皇帝溥仪有关。尽管已经退位，但溥仪仍在紫禁城中享受着皇家生活，礼仪一如旧制。1922 年，溥仪 17 岁，到了该结婚的年龄，溥仪在诸多秀女照片中圈定了 14 岁的文绣，太后瑾皇贵妃却坚持选择 17 岁的婉容。结果是婉容为皇后，文绣为贵妃。这两个接受过现代教育的少女，在寂寞深宫中无聊度日，常有书信往来。通信中，婉容自称伊丽莎白，文绣则自称爱莲。两人亲密无间，相互嬉戏自娱。

1924 年，两人和溥仪一起被逐出紫禁城，移居天津。1931 年，文绣与溥仪离婚，婉容与溥仪一起去了长春，成为伪满洲国"皇后"。文绣后来嫁给一位清洁工，1953 年病逝于 10 平米的斗室中。婉容最终被共产党游击队俘获，1946 年病死于吉林省延吉的监狱里。

婉容写给文绣

爱莲女士惠鉴:

昨接来函，知 you 之兰楮闷，现以痊愈，I 甚欣慰之至。and 请君勿怕，me 错误，念 I 是于君互相立誓，彼此均不得再生误会。不拘何事，均可明言。所以君今不来，I 以 ate 稍有误会之处，只是君是因病不得来此，I 实不能解也。君闻过中外各国，you

末代皇后婉容

有病不能见 I 之理么？若有，何获罪于君之处，还望君明以见告为幸。不过自叹才德不足，难当君之佳友耳。

请罪人：Elizabeth

本思再写数行，以博君之一哂。怎奈不会写了，只得作此不通之数字，以解君之幽闷。

爱莲女士惠鉴:

数日不见，不知君还顾影自怜否？余今甚思购一明镜，以备顾君之影。念有一曲，以还君之一笑：

爱莲女士吉祥，爱莲女士弹琴弹得好，爱莲女士唱的好，爱莲女士的娇病好点了。爱莲女士进药了吗？爱莲女士进的好，拉的香。

祝君晚安

爱莲女士惠鉴:

才闻傅（传）萧炳琰（炎），想是欠安否？见（现）痊愈否？望君赐以回函，以慰余之疑念。

Elizabeth

文绣写给婉容

爱莲复书：

现在无有何等不适，不过每日必令萧诊脉一次。因午间有事，故令晚间来。you 放心可也。来函笔误甚多，兹特更正还回。

左起文绣、婉容、唐怡莹（黄贵妃端康的侄女）

我衷心盼望您允许我
居住苏联邦内

溥仪写给斯大林

1949 年 7 月 29 日

爱新觉罗·溥仪（1906—1967），清朝末代皇帝。九一八事变之后，他在日本军方操控下做了伪满洲国的傀儡皇帝。

约瑟夫·维萨里奥诺维奇·斯大林（1879—1953），苏联政治家。苏联共产党中央委员会总书记、苏联部长会议主席、苏联大元帅，是在苏联执政时间最长（1924—1953）的最高领导人。

1945 年 8 月，苏联出兵中国东北，伪满洲国皇帝溥仪被苏联红军俘虏并暂押苏联。4 年后，随着中国国内政治局势日渐明朗，一直被苏联软禁的溥仪，担心自己会被引渡回国，接受中国政府和人民的审判，于是给苏联最高领导人斯大林写了一封亲笔信。

苏维埃联邦社会主义共和国
克里姆林宫 莫斯科
内阁总理斯大林大元帅阁下：

我觉得非常光荣地给您写这封信，同时我因为阁下在内外一切国务极繁忙之际是非常抱歉的，但是我衷心对您素日的爱慕和我至深感谢之意，并且我最希望居住苏联邦，所以我再三向您表示我的心怀。

我以前在满洲时代在日本军阀层层监视之下，我不能同人民自由连络，即个人之生活亦是受他们的限制，因此我对于苏联邦的真实情形是不可能知的，所知道的是片面的虚伪宣传，一到苏联邦之后，我方知道苏联真实的面貌。因此更判明日本人对人民和我作如何的欺蒙。

我在满洲，名为皇帝而其实是日本关东军的俘虏。当我回忆到一九四五年苏联邦为拯救全世界人类开始向日本帝国主义进击的第一天，日本军阀即强迫我往通化，彼时我虽不知苏联究为何种国家，但是我的心中想，虽然是所谓的"我的帝国"即因此而崩坏，亦是我愿意的事情，因为谁能驱逐了日本的关东军，谁就是人民和我的朋友。日本军阀更强迫我赴日本，不意在奉天为苏军所解救。先至赤塔后移往伯力，备受苏联当局内务局长及所长以下全员种种厚待，一切皆甚安适。彼时我方开始读苏联各种书报，在我四十年第一次读您的著作《列宁主义问题》和《联共（布）党史》等书，我方认识苏联邦真是全世界上最民主、最进步的国家，而且是各劳动人民和全世界被压迫民族的救星和柱石。

我对于《保卫祖国战争》一书极启发我的见识，您的英明的预先判断德国希特勒匪徒的必然崩溃，更见您从容的指挥全面一切军务国务的事实，更挽救了全世界人类免受德国和日本法西斯匪徒覆吞的危险。苏联政府更宣布废止死刑，这是维护人道上开世界上空前的新纪元。在战后树立五年计划，于诸般复兴事业几超过战前水平，又屡次降低物价，苏联人民在物质上的丰裕生活更是蒸蒸日上，全体人民享受着真正民主、自由、平等、幸福的权利。各种不同民族在苏联邦内如同一丰裕的大家庭，并且苏联邦对于全世界各劳动人民和各弱小民族的同情和援助并种种不能例举的功迹，早印在全世界上各劳动人民和受压迫的民族每个人的心里。兹举一例，中国人民依共产主义方得到今日之民族解放自由及独立。即以满洲人民和我个人而论，如不蒙您的援救，早为日本军阀所覆吞。又蒙苏联政府允许我赴日本在国际军事法庭作证言人，说明满洲人民十三年中所受之种种痛苦和耻辱。所以我对于政府和您的衷心感谢和钦佩，那是极当然的，真是说不尽的。在前曾提出请求愿留居苏联邦，虽尚未蒙答复，

末代皇帝溥仪

斯大林

可是我自己认为，同苏联人一样的关怀和尽心苏联的发达和兴盛，并且我愿意同苏联人一样的工作和努力，以报答您的厚恩。因此，我衷心盼望您允许我居住苏联邦内。

现在我向您再郑重表示最大的感谢和敬意，并愿您长寿，为了全世界劳动人民的幸福和全苏联邦人民的福祉。

我敬祝全苏联人民的永久幸福和兴盛，并敬祝您永久健康和幸福。

一九四九年七月廿九日

溥仪 于伯力市

儿今奉令担任石牌要塞防守

胡琏写给父亲和妻子

1943 年 5 月 27 日

胡琏（1907—1977），出生在陕西。黄埔军校四期毕业生，民国陆军一级上将。抗日战争中以第十一师师长之职于鄂西保卫战中死守石牌要塞，荣获青天白日勋章并升任第十八军副军长。

石牌自古以来就是据守长江的天险。进攻重庆必须打通长江，而打通长江必须占领石牌。日军侵占宜昌后，石牌便成为拱卫陪都重庆的第一道门户，中国战区最关键的要塞。恶战在即，奉命坚守要塞的胡琏令部下留下遗书，自己也匆匆给父亲、妻子写了这封信，悲壮地与家人诀别。石牌保卫战，后来成为抗日战争重大的军事转折点，是中国军队对日本军队以弱胜强，并最终以较小的代价取得较大胜利的一次著名战役。

胡琏写给父亲

儿今奉令担任石牌要塞防守。孤军奋斗，前途莫测，然成功成仁之外，当无他途，而成仁之公算较多，有子能死国，大人情亦足慰。唯儿于役国事已十九年，菽水之欢，久亏此职，今兹殊戚戚也。恳大人依时加衣强饭，即所以超拔顽儿灵魂也。

敬叩金安。

胡琏写给妻子

我今奉命担任石牌要塞守备，军人以死报国原属本分，故我毫无牵挂。仅亲老家贫，妻少子幼，乡关万里，孤寡无依，稍感戚戚。然亦无可奈何，只好付之命运。

诸子长大成人，仍以当军人为父报仇、为国效忠为宜。战争胜利后，留赣抑回陕自择之。家中能节俭，当可温饱，穷而乐古有明训，你当能体念及之。

十余年戎马生涯，负你之处良多。今当诀别，感念至深。兹留金表一只，自来水笔一支，日记本一册，聊作纪念。接读此信，毋悲亦毋痛。人生百年，终有一死，死得其所，正宜欢乐。

匆匆谨祝珍重。

胡琏写

1943 年 5 月 27 日

男在此帮忙，绝不至有何危险

闻一多写给父母

1919 年 5 月 17 日

闻一多（1899—1946），本名闻家骅，著名诗人、学者、中国民主同盟早期领导人。1919 年，第一次世界大战的战胜国在巴黎召开和平会议。中国以战胜国身份参加和会，提出取消列强在华的各项特权等要求。巴黎和会在列强的操纵下，不但拒绝了中国的要求，而且将德国在山东的特权全部转让给日本。北洋政府准备在对德和约上签字，北京的一些学生获悉后群情激奋，爆发了影响中国历史的五四运动。学生们冲破军警阻挠，展开大规模示威游行，要求惩办交通总长曹汝霖、驻日公使章宗祥。游行队伍火烧了作为曹宅的赵家楼，痛打了章宗祥。军警出面控制事态，抓捕了三十二名学生。北洋政府颁布严禁抗议公告，大总统徐世昌下令镇压。闻一多当时就读于清华大学，是五四运动中的学生领袖之一，也是五四新文艺的拓荒者之一。远在湖北老家的父母由于担心儿子安危，特意写信让他回去暂避一时。这封回信真实记录了五四运动的情况和闻一多内心的感受。

父母亲大人膝下：

近年来内清吉否？念念。连接二哥、五哥来函，人事俱好，祈念垂虑。山东交涉及北京学界之举动，迪纯兄归来，当知原委。殴国贼时，清华不在内，三十二人被捕后，始加入北京学界联合会，要求释放被捕学生。此事目的达到后，各校仍逐日讨论进行，各省团体来电响应者纷纷不绝，目下声势甚盛。

闻一多

但傅总长、蔡校长之去亦颇受影响。现每日有游行演讲，有救国日刊，各举动积极进行，但取不越轨范以外，以稳健二字为宗旨。此次北京二十七中，大学虽为首领，而一切进行之完密敏捷，终推清华，国家至此地步，神人交怨，有强权，无公理，全国瞢然如梦，或则敢怨而不敢言。卖国贼罪大恶极、横行无忌，国人明知其恶，而视若无睹，独一般学生敢冒不韪，起而抗之。虽于事无大济，然而其心可悲，其志可嘉，其勇可佩。所以北京学界为全国所景仰，不亦宜乎？清华做事，有秩序，有精神，此次成效卓著，亦素所习练使然也。现校内办事机关学生代表团，分外务、推行、秘书、会计、干事、纠察六部。现定代表团暑假留校办事。男与八哥均在秘书部，而男责任尤重，万难分身，又新剧社拟于假中编辑新剧，亦男之职务。该社并可津贴膳费十余元，今年暑假可以留堂住宿，费用二十六元，新剧社大约可出半数（前校中拟办暑假补习学校仅中等科，男拟谋一教习，于经费颇有补助。现此事未经外交部批准，所以作罢论），尚需洋十余元。男拟如二哥、五哥可以接济更好，不能，可在友人处通挪，不知两位大人以为如何？本年又拟稍有著作，校中图书馆可以参览，亦一便也。男每年辄有此意，非有他故，无非欲多读书，多做事，且得与朋友共处，稍得切磋之益也。一年未归家，且此年中家内又多变故，二哥久在外，非独二大人愿男等回家一聚，即在男等亦何尝不愿回家稍尽温省之责。远客思家，人之情也，虽曰求学求名，特不得已耳。此年中与八哥共处，时谈家务，未尝不太息悲哽。不知忧来何自也。又男每岁回家一次，必得一番感想，因平日在学校与在家中景况大不同，在校中间或失于惰逸，一回想家中景况，必警心惕虑，益自发愤。故每归家，实无一日敢懈怠，非仅为家计问题，即乡村生计之难，风俗之坏，自治之不发达，何莫非作学生者之责任哉？今年不幸有国家大事，责任所在，势有难逃，不得已也。五哥回家，在不待言，二哥如有福建之行，亦可回家。男在此多暇时时奉禀述叙情况，又时时作诗歌奉上，以娱尊怀，两大人虽不见男犹见男也。男在此为国做事，非谓有男国即不亡，乃国家育养学生，岁糜巨万，一旦有事，学生尚不出力，更待谁人？忠孝二途，本非相悖，尽忠即所以尽孝也。

且男在校中，颇称明大义，仅遇此事，犹不能牺牲，岂足以谈爱国？男昧于世故人情，不善与俗人交接，独知读书，每志古人忠义之事，辄为神往，尝自诩吕端大事不糊涂，不在此乎？或者人以为男此议论为大言空谈，如俗语曰"不落实"，或则曰"狂妄"，此诚不然。今日无人做爱国之事，亦无人出爱国之言，相习成风，至不知爱国为何物，有人稍言爱国，比私相惊异，以为不落实或狂妄，岂不可悲！此番议论，原为驷弟发。感于日寇欺忤中国，愤懑填膺，不觉累牍。驷弟年少，当知二十世纪少年当有二十世纪人之思想，即爱国思想也。前托十哥转禀两大人，新剧社富含演戏，男或可乘机回家，现存问题已打消，男必不能回家也。或者下年经济充足，寒假可回家一看。寒假正在阴历年，难为在家度岁已六七年，时常思想团年乐趣，下年必设法回家，即请假在家多住数日，亦不惜也。区区苦衷，务祈鉴宥，不胜惶恐之至！肃此敬请福安。

　　此次各界佩服北京学生者，以其做事稳健。男在此帮忙，绝不至有何危险，两大人务放心！

男骅叩

五月十七日下午

我是这社会的一员，并欠你一个道歉

吴聪灵写给范美忠

2015 年 5 月 12 日至 13 日

2008 年 5 月 12 日汶川大地震发生时，正在四川都江堰光亚学校课堂上讲课的范美忠，先于学生第一个逃生。十天后，他在网上写出了自己的感受，称自己是一个追求自由和公正的人，却不是先人后己勇于牺牲的人。"间不容发之际逃出一个是一个，如果过于危险，我跟你们一起死亡没有意义。如果没有危险，我不管你们，你们也没有危险，何况你们是十七八岁的人了。"这番言论引发网民铺天盖地的批评，认为其行为已经越过了作为教师的道德底线。一夜间，范美忠的名字变为"范跑跑"，并为千夫所指。

记者吴聪灵，曾经是当年"围殴"范跑跑的大军中的一员，多年以后她开始反思：我们这些轻易占据了道德制高点的人，真的拥有剥夺别人生存权的资格吗？

尊敬的范先生你好！

今天是 2015 年 5 月 12 日，汶川大地震七周年。每到这天，我会想起七年前那个午后，那些瞬间消失的生命。

就在今天中午，尼泊尔又发生了 7.5 级地震，同样有生命顷刻离去。

每次灾难，都促人愈发珍爱生命。我也会想，生命之于人的意义，到底是什么？

想到你时，尤为困惑。你，虽然于震灾中逃脱得以保全性命，却在此后的生活中，极不轻松。

下午朋友转我一篇文章，题目是《裸奔者范美忠：汶川地震后，"范跑跑"的这七年》。一看标题，我心里就堵了。

其实几年前就堵了。那次电话采访你，成稿后提交时，我在标题中写有你的全名，范美忠。刊出时，还是被改成了"范跑跑"。

我很愧疚，觉得对不起你。无论怎样，这名公开刊出，已是伤害，是侵权。

别以为我有多高尚。在那次访你之前，震后不久，我以嘲讽批判的笔调写评论，甚为蔑视地称你为"范跑跑"，还对其他人出语不敬。那篇文章，如今在网上仍能搜到，是一个无法消除的证据，令我汗颜，无地自容。

媒体十余年，出语轻狂的践踏性的文字，又何止这一篇。我永远没有机会消除它们了。更加没机会消除的，是这些文字、言语给当事人带来的伤害，我根本记不得有多少。

我更容易记得的，是自己做过的所谓的正面报道、公益报道、慈善事件、大人物……

这种选择性的遗忘与忽略，也在帮助我塑造所谓的自我形象，并成功自欺。

事实是，在忘乎所以的状态下，我有多少机会做这些正面报道，也就有多少机会，给人带去创痛。

它们在我的经验中同时存在。而阴暗面始终被回避。我猜我之所以回避，是因为我非常担心会和你有同样的遭遇——我可能因为呈现了自身的阴暗面，而被否定，被列为坏人，从此不得翻身。

于是我选择隐藏，逃避，看别人。

其实那时和你以及你的夫人有过多次电话交流，已超出采访范畴。如果没有地震，或没有那样一篇文章，你们或是一对倡导人文教育的精英伉俪——对生命存在价值的尊重，对于人应当接受怎样的教育，享受怎样的生活，生命的意义，你们的很多观点，都令我耳目一新。

所以，那次访后见报稿中出现的"范跑跑"让我越发不安。这愧意，和其他种种"5·12"带来的感动，始终同在。

今天的文章，我看了。看了关于你成长历程的介绍，也对你有了更多了解。从长年暴戾氛围的家庭中走出，你是全村考入北大的第一人，"5·12"改变了你的命运，却没有带走你对自我的坚持，一种近乎战斗的坚持。

我特别注意到的，是光亚学校校长卿光亚的一段话。"地震的事对他的刺激非常深，我觉得他现在还是一个病人。他辞职的时候情绪是失控的，根本没有计划。"

"病人"一说，让我想到七年前曾经风靡一时的灾后心理救援。那时，非常多的心理治疗志愿团队奔赴灾区，为各种灾民提供支持。抛开专业效果不谈，心愿是好的。

七年过去了，有一个病人，始终被忽略着。

那就是你。

即便现在如你所说，你达到了前所未有的平和，在庄子处找到了出路，也不能不说，过去这七年，你是孤身一人在与地震带来的种种病痛共处。

因为有一个更大的帽子扣在你身上——罪人。

你幸运地逃脱了震灾，保全了生命。这原本是值得庆贺的事，却因为一句话，被千夫所指，甚至被贴大字报要求杀掉全家……

想想都不寒而栗。

而我也是这千夫之一，并为此始终不安。几年来一点点反省之余，我也在思考，我们社会的道德、法律存在的意义是什么？是指导并服务于人的生活，支持协助每一生命个体存活，活得有尊严，活出好的生命品质，活出轻灵的生命状态，还是仅仅拿来评判一个人道德品质的高下，褒之贬之，神化妖魔化，或捧或杀？

指责谩骂你的人中，有我。有一个方向是好的，希望震灾中的每个人都获救。却为何，竟只因一言，对成功自救的你，如此无情否定？

为什么这样对待同是灾民的你？

我从自己身上找原因，找到的是这点：我把活成一个对的人、一个好的人，看作比活着本身更重要的事。

至少，在批判你的时候，我是怀着这样的认知。

所以，当你从地震中存活下来，却在一句话中呈现不够好的品质时，你的生命存在，也被否定。逃生，也成偷生。

对善的渴望力量大到失去理性时，就这样转成了对"不够善"的恶意批判。

有谁的逃生不值得庆祝？可你竟被钉在那个时空的耻辱柱上，天下之大，你的生命活力从此无由发挥。

和一位朋友谈到您和我的歉意，以及这些反思。朋友阐述如下：

范没有在地震来临时表现出高尚的德行，但他并没有侵犯他人的权益。他能活着跑出来，本身就是对社会养活他所付出的代价的完好保存与升值。他成长的社会历史时空并没有赋予他救人的使命。故，如果范的行为必须受到谴责，那么，从逻辑上讲，首先应该被谴责的是他生存其中的社会。

范的隐私权、名誉权、生存权被残忍地剥夺了大半，他应当起诉以正视听，可他没有。从这个意义上说，社会对他欠下了一笔难以清偿的道德债……

社会是谁，我不知道。我知道的是，我是这社会的一员，并欠你一个道歉。

我以为只要你错了，我就有特权代表社会，代表善的与正确的的目标，来攻击毁损、否定批判你，占领着道德制高点，理直气壮地践踏着你的尊严。

那样的轻狂与刻薄，简直不堪回首。

今天，我就个人过去所有言论、文字对你的不敬处、伤害处，表示深深的歉意。对不起！

过去这几年，不安在心里。临到要表达，我犹豫再三，心存害怕。因为就像当年您无法预知自己一文所带来的影响一样，我也不知道这封公开发给您的致歉信，会带来什么。

我想写了私下发给你。上网，没有找到你的联系方式。突然想到，当年抨

范美忠在光亚学校操场上

击你，也是公开的。我不再纠结。如果有什么影响，那也算是上天给我一个机会，更深刻地体会你所经历过的一切，好让我改得更彻底。

倘有正向发生，那更好。这说明七年过去，正如我都有力量反省道歉一般，时空真的换了。

这篇文字跨越了一个夜晚。同是5·12，从2008年的汶川，到2015年的尼泊尔，两场地震在不同地区发生。就在此时，一定还有生命在废墟中等待救援。

也一定有人在为他们的逃生而祈祷。

想到这点，我无比坚信的是，对"活下来"的重视，是生命本有的珍宝。

死亡，有时是生命的消逝，有时是爱的枯竭、心的凋零。主动或被动，在那个事件里，你和我，对后一种死亡都有体验。施暴与受暴，都是心的凋零。

我又何尝不是和你一样的"病人"。

或如你所说，你在庄子那里找到了平和。我要做的，就是承认过失，向你道歉。

这道歉来得晚了。

让一个"坏人"被孤立，这样的故事太多。生命存在本身的价值与意义，就这样，被狭隘成为"做对的人和好的人"。完全忘了，每个人的天赋使命中，最为基础的部分，是珍爱自己的生命，和情怀，理想，以及种种独特禀赋。

于是，分裂长期存在。外部分裂，内在也一样。今日文章里说你是"孤独、绝望、愤怒、狂傲、虚无、分裂"的人生基调。又有哪样不是我也有过的状态？

又有谁的生命是要么全好，要么全坏？那又凭什么因事对人，来树立高尚者膜拜，或是创造一个卑劣者将之打倒？

暴力的手段不可能达成高尚的目标。攻击别人也建立不了自己的正面形象。相反，那暴力与攻击中的我，已成为我所反对的模样。

这样的错误，在过去人生经历中，犯了多少，我已经不记得了。借着给到您的歉意，我也在此，向所有我以各种方式攻击、诬蔑、贬损、戏弄、中伤过的所有人，致歉，忏悔。

并请求宽恕。

这个过程很痛苦，我又何尝不是在努力找回自我宽恕的力量。

是的，罪与错，善与美，都是我生命的组成部分。你也一样，奔跑逃生的举动里，也体现着对美和忠的追求。如果说我晚觉的痛和迟来的道歉还有什么意义的话，我希望是，我借此知道如何面向未来，在今后的日子里谨言慎行，勿使再犯。这是生命持续完善与自我唤醒。

你我路径方式不同，本质无别。

范先生，你曾在地动山摇的时刻勇敢逃生，这是恩典。过去这七年种种，也将因你顽强的意志与自我探索而成恩典。最后想说的，是祝福你，在未来更广大的天地里，自由行走，发光。

也把这份祝福，给到和你一样，从各种灾难困厄中挺过来的坚韧生命。只要生命存在，就有绽放的可能。

吴聪灵

2015 年 5 月 12 日 — 5 月 13 日

在激流中游泳，会碰伤自己，也会碰伤别人

宋振庭写给夏衍

1984 年 9 月 15 日

夏衍（1900—1995），著名文学、电影、戏剧作家和政治家。

宋振庭（1921—1985），著名作家，原吉林省委宣传部部长。

宋振庭的最后几年是在胰腺癌的折磨中度过的。夏衍偶然得知宋振庭住院治疗情况，前去探视。因为在此前的政治运动中，宋振庭曾经对夏衍有过伤害，夏衍的到来出乎他的意料，让他感慨万千，于是提笔写下这封信。

夏老如晤：

手术后困居病室，承临探视，内心至感。风烛之年，有许多话要说，但欲言又止者再，后来深夜静思，仍内疚不已，终于写了此信。

庭总角读书，即知有沈端先先生者，后来虽屡在开会时见面，但仍无一叙心曲之机会。1957年"反右"，庭在吉林省委宣传部工作，分管文教、电影。在长影"反右"，庭实主其事，整了人，伤了朋友，嗣后历次运动，伤人更多。实为平生一大憾事。三中全会之后，痛定思痛，顿然彻悟。对此往事，庭

逢人即讲，逢文即写，我整人，人亦整我，结果是整得两败俱伤，真是一场惨痛教训。对所谓"四条汉子"之事，庭不知实情，但以人言喁喁，乃轻率应和，盲目放矢。"文革"前庭对周扬同志及我公，亦因浮言障目，轻率行文，伤及长者，午夜思之，怅恨不已。1961年影协开会时，庭在长影小组发言，亦曾伤及荒煤同志，梗梗在心，未知陈兄能宽宥否也。

我公豁达厚朴，胆肝照人，有长者风。此疚此情，本拟登门负荆，一诉衷曲，终以手术后卧床不起，未能如愿，近闻周公亦因病住院，只能遥祝康复矣。我公高龄八十有四，庭亦六十三矣。病废之余，黄泉在望，唯此一念在怀，吐之而后快，此信上达，庭之心事毕矣。

顿首祝

康健

宋振庭

1984年9月15日

过去的事，该忘却的可以淡然置之

夏衍写给宋振庭

1984 年 9 月 30 日

宋振庭的来信震动了夏衍，很快，他给宋振庭写了回信。

振庭同志：

惠书拜读，沉思了许久。足下大病之余，总以安心静养为好，过去的事，该忘却的可以淡然置之，该引以为戒的也可以暂时搁置一下，康复后再作审慎的研讨，心理要影响生理，病中苛责自己，对康复不利。现在中国的平均寿命已为六十九岁，六十岁不能算老，说"黄泉在望"之类的话未免太悲观了。

你说上次见面时"欲言又止者再"，这一点，我当时也已感觉到了，我本来也想和你谈谈，但后来也因为你有点激动而没有说。任何一个人不可能不受到时代和社会的制约，我们这辈人生活在一个大转折的时代，两千年的封建宗法观念和近一百年来的驳杂的外来习俗，都在我们身上留下了很难洗刷的斑痕。上下求索，要做到一清二白，不犯一点错误是不可能的。解放之前和明摆着的反动派作战，目标比较明确，可是一旦形势发生突变，书生作吏，成了当权派，问题就复杂了。知人不易，知己更难，对此，我是在 60 年代初文化部、文联整风时才有了初步的体会。

不久前我在拙著《懒寻旧梦录》的自序中有过一段反思独白："我又想起了五四时期就提过的科学与民主这个口号，为什么在新中国成立后十七年，还会遭遇比法西斯更野蛮、更残暴的浩劫，为什么这场内乱会持续了十年之久？我从痛苦中得到了解答：科学与民主是社会发展的动力这种思想，没有在中国人民的心中扎根。两千多年的封建宗法思想阻碍了民主革命的深入，解放后十七年，先是笼统地反对资本主义，连资本主义上升时期的东西也统统反掉。60 年代，'以阶级斗争为纲'又提了'斗私批修''兴无灭资'之类的口号，相反，十七年中却没有认真地批判过封建主义。我们这些人也真的认为封建主义这座大山早已经推倒了，其结果呢，封建宗法势力，却'我自岿然不动'……我们这些受过'五四'洗礼的人，也随波逐流，逐渐成了'驯服工具'，而丧失了独立思考的勇气。"

这些话出自内心，并非矫饰，这是由于不尊重辩证法而应该受到的惩罚，当然也可以说是"在劫难逃"。人是社会的细胞，社会剧变，人的思想行动也不能不应顺而变。党走了几十年的曲曲折折的道路，作为一个虔诚的党员，不走弯路，不摔跤子，看来也是不可能的。在激流中游泳，会碰伤自己，也会碰伤别人，我解放后一直被认为是"右倾"，但在 30 年代王明当权时期，我不是没有"左"过，教条主义、宗派主义都有。1958 年"大跃进"，我也一度头脑发热，文化部大炼钢铁的总指挥就是我。吃了苦，长了智，"觉今是而昨非"即可，没有忏悔的必要。我在文化部工作了整整十年，回想起来，对电影、外事，由于比较熟悉，所以犯的错误较少，但对戏曲、文物等等，则处理具体问题时往往由于急于求成，而容易急躁"左"倾。这就是说，"外行领导内行"，一定要特别审慎。从你的来信中我也有一些联想，你对电影是外行，所以犯了错误，伤了人；但你热爱乃至醉心书画、碑帖、考古，所以在 1962 年那个"阶级斗争要天天讲"的时刻，你竟能担着风险把划了右派的张伯驹夫妇接到长春，给他摘了帽子，并让他当了吉林博物馆馆长。这件事是陈毅同志告诉我的，当时我很佩服你的勇气，当然，没有陈老总的支持，那也是办不到的。

对于1957年后的事，坦率地说，由于整过我的人不少，所以我认为你只是随风呼喊了几声而已。况且你当时是宣传部长，上面还有文教书记，他上面还有第一书记，再上面还有更大的"左派"，所以单苛责你一个人是不对的。明末清初，有一首流传很广的打油诗："闻道头须剃，而今尽剃头。有头皆要剃，不剃不成头。剃自由他剃，头还是我头。请看剃头者，人亦剃其头。"1974年在狱中偶然想起，把它戏改为："闻道人须整，而今尽整人。有人皆可整，不整不成人。整自由他整，人还是我人。请看整人者，人亦整其人。"往事如烟，录此以供一笑，劫后余生，何必自苦？病中多宜珍摄，顺祝早日康复。

夏衍

国庆前一日（1984年9月30日）

《见字如面》入选信件文档 编号 039

只要消灭了特殊，平等自然会来

史铁生写给盲童朋友

1993 年

史铁生（1951—2010），当代著名作家。代表作《我的遥远的清平湾》《务虚笔记》《老屋小记》《病隙碎笔》等。史铁生二十一岁时因病致双腿瘫痪，此后一生与轮椅、医院相随相伴，他自称职业是生病，业余在写作。2010 年 12 月 31 日，史铁生因突发脑出血逝世，享年五十九岁。

自身遭遇的不幸，让史铁生一生都在不懈地探寻着生命的意义，追问活下去的根据和理由。他还将目光投向残疾、弱势群体，并用文学给予他们理解、关爱和尊严。1993 年，史铁生写下这封给盲童朋友的信。在信中，他以切身体验为盲童们讲述了自己对于苦难的认知和对残疾处境的思考。

各位盲童朋友：

我们是朋友。我也是个残疾人。我的腿从二十一岁那年开始就不能走路了。到现在，我坐着轮椅又度过了二十一年。残疾送给我们的困苦和磨难，我们都心里有数，所以不必说了。以后，毫无疑问，残疾还会一如既往地送给我们困苦和磨难，对此，我们得有足够的心理准备。我想，一切外在的艰难和阻碍都不算可怕，只要我们的心理是健康的。

譬如说，我们是朋友，但并不因为我们都是残疾人我们才是朋友。所有的健全人，其实都是我们的朋友，一切人都应该是朋友。残疾是什么呢？残疾无非是一种局限。你们想看而不能看，我呢，想走却不能走。那么健全人呢，他们想飞但不能飞——这是一个比喻，就是说健全人也有局限，这些局限也送给他们困苦和磨难。很难说，健全人就一定比我们活得容易，因为痛苦和痛苦是不能比出大小来的，就像幸福和幸福也比不出大小来一样。

痛苦和幸福都没有一个客观标准，那完全是自我的感受。因此，谁能够保持不屈的勇气，谁就能更多地感受到幸福。生命就是这样一个过程，一个不断超越自身局限的过程，这就是命运，任何人都是一样。在这个过程中，我们遭遇痛苦、超越局限，从而感受幸福。所以，一切人都是平等的，我们毫不特殊。

我们残疾人最渴望的，是与健全人平等。那怎么办呢？我想，平等不是可以吃或者可以穿的身外之物，它是一种品质，一种境界。你有了，你就不用别人送给你。你没有，别人也无法送给你。怎么才能有呢？只要消灭了"特殊"，平等自然而然就会来了。就是说，我们不要因为身有残疾而有任何特殊感，我们除了比别人少两条腿或者少一双眼睛之外，除了比别人多一辆轮椅或者多一根盲杖之外，再也不比别人少什么和多什么，再也没有什么特殊于别人的地方。我们不因为残疾而忍受歧视，也不因为残疾去摘取殊荣。如果我们干得好，别人称赞我们，那仅仅是因为我们干得好，而不是因为我们事先已经有了被称赞的优势。我们靠货真价实的工作赢得光荣。

当然，我们也不能没有别人的帮助。自尊，不意味着拒绝别人的好意。只想帮助别人而一概拒绝别人的帮助，那不是强者，那其实是一种心理的残疾。因为事实上，世界上没有任何人不需要别人的帮助。

我们既不能忘记残疾朋友，又应该努力走出残疾人的小圈子，怀着博大的爱心，自由自在地走进全世界。这是克服残疾、超越局限的最要紧的一步。

史铁生

请识字的同胞念给不识字的同胞听

四川省会警察局发布的征兵布告

1937 年 12 月

1937 年，抗日战争全面爆发，全国开始大规模招兵。四川省会警察局发布的征兵布告，一夜间贴满了成都的大街小巷，并在整个四川省境内广为流传。抗日战争期间，作为大后方的四川总计提供兵源约三百万人，占全国同期实征壮丁的五分之一。川军将士足迹遍及大江南北十三个省市，参加了中国抗日战场二十八个大型会战和战役，守卫前线战场五分之一的国土，伤亡失踪六十四万六千万余人。其参战人数之多，牺牲之惨烈，位居全国之首。

告成都市的壮丁同胞!

假如，我们看见一个老人家，和一些可怜的妇女小孩，正在被一群强盗打劫的时候，我们强壮的男子，究竟是站在旁边看呢，还是赶上去打抱不平呢？我想，只要我们有血性，有良心，一定是忍不住的。何况这些被打抢的人，就是我们的父老妻子呢？

我们中国的同胞，被日本强盗打抢的、烧杀的、奸淫霸占的，不知有好几千万！不过他们悲惨的情形，我们没有看见。他们救命的喊声，我们没有听见罢了。要是等我们看见了、听见了的时候，已经来不及了。要是等杀到我们身上的时候才动手，那就"后悔迟了"！那就是走了"悔后运"了！

所以，趁日本强盗在离我们还远的地方，就应该赶上前去，帮助我们前方的将士，杀他个干干净净！救出我们的同胞！收复我们的国土！并且免得我们的子子孙孙都当亡国奴！只要我们明白这个道理，不用说政府派我们到前方去不应该推辞，就是不准我们到前方去，我们也要自告奋勇地要求杀敌呀！

我们去后的家庭，有政府和保甲帮我们照料。如果有应当请政府救济的地方，也不必担心。打不死，我们凯歌归来，要享受同胞的欢迎和国家的优待。纵然打死了，我们是为国牺牲，也是非常光荣的。就是带伤成残，我们也会受到政府的抚恤和国人的尊敬。因为，这不是自家人打自家人的内战，这是不愿意做奴隶的中国人，反抗日本鬼子灭亡我们的民族战争！

壮丁同胞呀，人生必有死，就看生得有乐趣不？就看死得有价值不？我们上去吧，我们上前去吧！

四川省会警察局印发

请识字的同胞念给不识字的同胞听

为了尽力挽救其生命

八路军山东第五支队写给日军第十九大队

约 1942 年至 1944 年间

八路军山东人民抗日游击队第五支队在与日军第十九大队交战时，俘虏了日军一名重伤员。由于前线部队治疗条件有限，独立团团长于得水找到八路军胶东部队日人解放联盟胶东支部的日本籍战士小林清，商定本着人道主义精神，托当地百姓将重伤员与两名日本士兵的遗体送回日军第十九大队，并附上一封情况说明信。接到来信后，日军第十九大队加藤小队长先后写了两封回信。自此，两军在战场上建立了通信往来，直至加藤小队长后随部被调至太平洋战场。

日军第十九大队：

你部队与我军作战中，有两名士兵战死，一名负重伤。我们想把死者进行埋葬，但情况不许可，只好将尸体送回，颇为遗憾，请你们妥为安葬。对于重伤员，我们已尽可能地施以治疗，但是我们目前医疗条件有限，恐难以见效。为了尽力挽救其生命，请贵军设法挽救之。兹派老百姓将他们送到贵处。

八路军胶东部队日人解放联盟胶东支部

请诸君保重身体，来日
战场相见

加藤写给八路军司令官及解放联盟诸君

约 1942 年至 1944 年间

一

八路军司令官及解放联盟诸君:

来函以及三名部下，小官已收到无误，不胜感激之至。小官对阁下及诸君之情谊，衷心感谢。小官将向死者的家属，报告他们的亲人在战场上以身殉国的情况。一名重伤员也得到及时的治疗，脱离生命危险了。他的家中也一定会感谢阁下的。谢谢！草草不恭，再见！

加藤小队长

二

八路军司令官及解放联盟诸君:

谢谢你们日前盛意。贵军之人道主义精神，乃是铮铮军人之作风，使小官钦佩不已。阁下及解放联盟有什么困难没有？假使有的话，请不客气地直说。只要在小官可能范围内，无不照办。回信请交持此信的老百姓带来，决不逮捕或杀戮老百姓，不管哪一个老百姓都可以。请经常经过他们来信联系。请阁下及诸君多多保重身体。

来日战场相见。

加藤小队长

你真是不知道人间还有羞耻二字

欧阳修写给高若讷

1036 年

欧阳修（1007—1072），字永叔，号醉翁，世称欧阳文忠公。北宋政治家、文学家，且在政治上负有盛名。后人将其与韩愈、柳宗元和苏轼合称"千古文章四大家"。这封信写于 1036 年，欧阳修时年三十岁。当时宰相吕夷简在位日久，任人唯亲，政事积弊甚多。为此，范仲淹根据京城官员职位升迁情况画了一幅《百官升迁次序图》，力劝凡超格者，不宜全委之。因而得罪宋仁宗和吕夷简，被贬为饶州知府。当时朝臣纷纷论救，而身为左司谏的高若讷不但一言不发，反而到处诋毁范仲淹。欧阳修怒不可遏，写了这封《与高司谏书》痛斥。高若讷将这封信上奏宋仁宗，欧阳修因此被贬为夷陵令。

欧阳修顿首再拜，禀告司谏足下：

我十七岁的时候，家在随州。看到天圣二年（1024 年）进士及第的布告，第一次看见了你的名字。那时候我还年轻，没什么见识，又住的偏远，只听说跟你一块儿上榜的几位，在文坛上都特别有名，朝廷这回是得了人才了。而你混在里面，是唯一没什么特点的。我那会儿就想问问，这人是谁呀？

十一年之后，我也到了京城，那会儿你已经是监察部的小官了，但我也抽出工夫去见你一面。倒是问过朋友，你这人怎么样？朋友说你这人正直，有学问，是个君子。我就纳了闷了。一个正直的人，是不会看人脸色行事的。一个有学问的人，那一定是能明辨是非的。一个正直的、能明辨是非的人，又当着监察部的官员，却一天到晚闭着嘴什么都不说，就跟没事人一样，这能算是一个好人吗？这还真是不能不让我怀疑。后来你升任了专门劝谏朝政的官，我们才互相认识。看着你滔滔不绝地讲述前朝往事，听着你褒贬历史上的是是非非，全是些正确的废话。拿这种套路混官场，谁都不得罪，我能相信你是个好人吗？所以，从我听说你到认识你，十四年了，我曾经三次怀疑过你的人品。现在我仔细分析了你的所作所为，得出了一个结论：你真不是个东西。

头两天，范仲淹被贬了官，我跟你在张安道他们家见过一面，你当时就讽刺挖苦了范仲淹的为人。我还以为你是在开玩笑。等我见到别的朋友，也说你到处说范仲淹的坏话，我才知道你真是这么想的。范仲淹，平生刚正好学，学问贯通古今，为国家工作坚持原则，这是天下公认的。现在因为讲真话得罪了宰相被治罪，你作为劝谏官，既不敢为他鸣冤叫屈，又怕大家议论你不说真话的失职行为，就跟着别人骂他，说就该处分他，这也太奇怪了吧？

要说人的性格，刚直、果敢、怯懦、软弱，大多是天生的，很难改变。就算是圣人，也不能强人所难。你家有老母，舍不得官位，害怕饥寒想保住工资，不敢得罪宰相招来祸患，这都是人之常情，你也不过就是当了个无能的司谏官而已。就算是朝中的有识之士，也会体谅你的难处，不会非要你做你做不到的事。可现在的你，反倒是得意扬扬，一点也没有内疚，往好人身上泼脏水，说他就该被处分，用这个来掩饰你自己不敢说真话的丑行。我跟你说，要是你压根就不敢说真话，那还只是说明你愚蠢而且能力低下；要是你还要用花言巧语来掩饰自己的丑行，那你可是犯了众怒了。

你敢说范仲淹不是好人吗？这三四年来，从大理寺丞做到前行员外郎，他勤勤恳恳，天天围着皇上出谋划策，他的作用现在这帮当官的谁也比不上。你敢说是皇上重用了坏人吗？就算是皇上看走了眼，那也是智者千虑，你司谏官就是帮皇上盯着这种事的。那范仲淹被重用的时候，你怎么不跟皇上说他是坏人，反倒连屁也不放一个呢？等他出了事，你话就多了。他要真是个好人，是皇上和宰相因为一时生气处分错了，你就不该说句人话吗？所以，你现在说范仲淹是好人，你罪责难逃。你说他是坏人，你照样罪责难逃。你以为你不说话就没事了？

在汉朝的时候，萧望之和王章被杀，估计当时也没人敢公开说这是杀了好人，肯定是把石显和王凤说成是忠臣。现在你再看看，石显和王凤还是忠臣吗？萧望之和王章是坏人吗？当时也有司谏的官员，也一定不会说自己是因为害怕才不说真话的，只会说这两人就该死。现在你再看看，他们该死吗？是非曲直骗得了当时的人，骗不了后世的人。现在你又想着欺骗今天的人，你就不怕后世的人明白真相吗？况且，你连今天的人也骗不过去。

自从当今皇上即位以来，大胆启用敢于进谏的官员，包容不同的观点。像曹修古、刘越这样直言获罪的人，就是在死后也仍然会被褒奖。现在的范仲淹、孔道辅都是因为敢说真话而被提拔重用的。你赶上了这么好的时代，碰上了如此喜欢听不同意见的皇上，还是一句话都不敢说，这到底是为什么？前两天又听说御史台给大家都发了文件，规定所有官员都不可以越职言事，这样一来能说话的就只有你了。如果你还是一句话都不说，那么天下就没人能说话了。坐在劝谏官的位置上却一言不发，你就该辞职，别挡着能干这事的人。

昨天，张安道被贬了官，尹师鲁也被审查，你还有脸出来见人，还敢说自己是个司谏官，可见你是真不知道人间还有羞耻二字了。可惜的是，朝廷上的这些事，司谏官不说真话，反倒是不相干的人在说，这要是记录在史册上，以后饱受恶评的，就是你了。按照咱们中国的传统，越是贤人就越要严格要求。我现在是怀着一线希望，盼着你能说句真话，不想现在就跟你绝交，想把对你的更高要求说清楚。如果你还是觉得范仲淹是个坏人，就该处分，那我今天就把话放这儿，我跟范仲淹是一伙的。你可以直接拿着我的信去见皇上，你让他定罪杀了我，让天下都知道范仲淹就该被处分，你也算是干了一件司谏官该干的事。

前两天你在张安道家，叫我过去谈论范仲淹的事。当时在场的还有别人，我没法把想说的话全都说出来。所以就写了这封信,你自己看吧。不多说了。拜拜。

原文

与高司谏书

修顿首再拜,白司谏足下:

　　某年十七时,家随州,见天圣二年进士及第榜,始识足下姓名。是时予年少,未与人接,又居远方,但闻今宋舍人兄弟,与叶道卿、郑天休数人者,以文学大有名,号称得人。而足下厕其间,独无卓卓可道说者,予固疑足下不知何如人也。

　　其后更十一年,予再至京师,足下已为御史里行,然犹未暇一识足下之面。但时时于予友尹师鲁问足下之贤否。而师鲁说足下:"正直有学问,君子人也。"予犹疑之。夫正直者,不可屈曲;有学问者,必能辨是非。以不可屈之节,有能辨是非之明,又为言事之官,而俯仰默默,无异众人,是果贤者邪?此不得使予之不疑也。自足下为谏官来,始得相识。侃然正色,论前世事,历历可听,褒贬是非,无一谬说。噫!持此辩以示人,孰不爱之?虽予亦疑足下真君子也。是予自闻足下之名及相识,凡十有四年而三疑之。今者推其实迹而较之,然后决知足下非君子也。

　　前日范希文贬官后,与足下相见于安道家。足下诋诮希文为人。予始闻之,疑是戏言。及见师鲁,亦说足下深非希文所为,然后其疑遂决。希文平生刚正、好学、通古今,其立朝有本末,天下所共知。今又以言事触宰相得罪,足下既不能为辨其非辜,又畏有识者之责己,遂随而诋之,以为当黜,是可怪也。

　　夫人之性,刚果懦软,禀之于天,不可勉强。虽圣人亦不以不能责人之必能。今足下家有老母,身惜官位,惧饥寒而顾利禄,不敢一忤宰相以近刑祸,此乃庸人之常情,不过作一不才谏官尔。虽朝廷君子,亦将闵足下之不能,而不责以必能也。今乃不然，反昂然自得，了无愧畏，便毁其贤以为当黜，庶乎饰己不言之过。夫力所不敢为，乃愚者之不逮。以智文其过，此君子之贼也。

且希文果不贤邪？自三四年来，从大理寺丞至前行员外郎，作待制日，日备顾问，今班行中无与比者。是天子骤用不贤之人？夫使天子待不贤以为贤，是聪明有所未尽。足下身为司谏，乃耳目之官。当其骤用时，何不一为天子辨其不贤，反默默无一语？待其自败，然后随而非之。若果贤邪，则今日天子与宰相以忤意逐贤人，足下不得不言。是则足下以希文为贤，亦不免责。以为不贤，亦不免责。大抵罪在默默尔。

昔汉杀萧望之与王章，计其当时之议，必不肯明言杀贤者也。必以石显、王凤为忠臣，望之与章为不贤而被罪也。今足下视石显、王凤果忠邪？望之与章果不贤邪？当时亦有谏臣，必不肯自言畏祸而不谏，亦必曰当诛而不足谏也。今足下视之，果当诛邪？是直可欺当时之人，而不可欺后世也。今足下又欲欺今人，而不惧后世之不可欺邪？况今之人未可欺也。

伏以今皇帝即位已来，进用谏臣，容纳言论。如曹修古、刘越虽殁，犹被褒称。今希文与孔道辅皆自谏诤擢用。足下幸生此时，遇纳谏之圣主如此，犹不敢一言，何也？前日又闻御史台榜朝堂，戒百官不得越职言事，是可言者惟谏臣尔。若足下又遂不言，是天下无得言者也。足下在其位而不言，便当去之，无妨他人之堪其任者也。

昨日安道贬官，师鲁待罪。足下犹能以面目见士大夫，出入朝中称谏官，是足下不复知人间有羞耻事尔。所可惜者，圣朝有事，谏官不言而使他人言之，书在史册，他日为朝廷羞者，足下也。《春秋》之法，责贤者备。今某区区犹望足下之能一言者，不忍便绝足下，而不以贤者责也。若犹以谓希文不贤而当逐，则予今所言如此，乃是朋邪之人尔。愿足下直携此书于朝，使正予罪而诛之，使天下皆释然知希文之当逐，亦谏臣之一效也。

前日足下在安道家，召予往论希文之事。时坐有他客，不能尽所怀。故辄布区区，伏惟幸察。不宣。修再拜。

《见字如面》入选信件文档 编号044

我听说你当了驸马

谢氏写给前夫王肃

约公元 500 年南北朝

王肃（464—501），北魏著名大臣。父亲王奂在南朝齐国尚书省任职，王肃也在南齐做官。后王奂卷入兵变，以叛乱罪被斩，几个儿子均被诛杀，只有王肃逃到了洛阳。北魏皇帝器重他的才华，并招他做了驸马，娶陈留长公主。

王肃在江南之日已娶谢氏之女为妻。谢氏听说王肃在北魏做了驸马，伤心地写下了这封《贻王肃书》。据《洛阳伽蓝记》记载，后来谢氏带着一双儿女到洛阳寻夫，写下五言诗送给王肃："本为箔上蚕，今作机上丝。得路逐胜去，颇忆缠绵时。"王肃无言以对，陈留公主则以诗作答："针是贯线物，目中恒任丝。得帛缝新去，何能纳故时？"见陈留公主拒绝了谢氏重归家庭的要求，王肃甚感惭愧，于是在洛阳建造了正觉寺让她居往。

　　我这样一个容貌平凡的女子，曾经跟你一起生活。结婚后，我们心心相印，琴瑟和谐。要是不刺绣了，我们会一起作诗，煮一杯清茶沉吟作对，啜一口香茗凭吊古今。那个时候，你想的是非我不娶，我爱的是非你不嫁，就算是用含苞的并蒂莲、比翼的双飞鸟，也没法形容得出我们的爱情。

　　后来家中遭遇诬陷，你要去遥远的异国他乡。我还记得当时分手的情景，我们有说不完的话，流不完的泪。送行的亲人也都跟着难过。这之后，岁月易逝，山川间隔。你在蓟北，我在江南。书信不通，音讯全无。信写到这里，我仍是顾影徘徊，涕泪数行。最近几年，我常常是神情恍惚，也无心打扮梳洗。想看点书吧，又总能看见那些让人伤感的爱情故事，弄得自己心情黯淡；想好好吃顿饭吧，再好的菜肴也没有滋味。书也看不下去，看着看着就开始瞎想。春天的花开了，秋天的月圆了，跟我又有什么关系呢？倒是子规啼血的呼唤，会时时触动我的哀伤；寒蝉凄切的鸣叫，会增添我的悲戚。看着那些平常人家的夫妻，都能享有美满的生活，可我的命运，怎么就这么凄惨呢。

前几天，北魏的使臣来到南方，我听说你在那儿已经当上了尚书，还成了皇家的驸马。我知道尚书是国家最关键的岗位，统领各部运行，参与处理政务，你一定是位高权重，声名显赫了。再加上你又多才多艺，又娶了一个美女，天天携手花前，弹琴月下，回头再看看悲苦凄凉的从前，已经是一个天上，一个地下。只可惜一样，糟糠之妻不下堂，永远成了前人的故事。你是有了高贵的新人就抛弃了贫贱的旧人，让糟糠之妻引恨到白头。你让我还能说什么呢，能不悲伤吗？

是的，这一切真的都已经发生了。我现在已是人老珠黄，憔悴不堪。过去的缠绵总归是幻影。我眼睁睁看着连理分枝，感念盛衰变化无常。从今之后，我将皈依佛门，长斋修行，借着菩提的一方净土，忘却尘世的喧嚣浮华。晨钟一叩，万境皆空。我不会再羡慕水中的鸳鸯，企盼过上出双入对的生活。但是，织机上的绸缎，本来是春蚕的生命。被人喜爱难道就会不念旧情了吗？更何况我现在生活这么难，谁看着都可怜。我不敢奢望你来接我，写这封信只是想告诉你，我还想你，想着你哪怕只能在有空的时候见见我，给我一点宽慰就好了。这是我的愿望，你能考虑一下吗？

原文

贻王肃书

妾以陋姿获侍巾栉。结缡之后，心协琴瑟。每从刺绣之余，间及诗歌之事。煮凤嘴以联吟，蒸龙涎以吊古。当此之时，君怀金石之贞，妾慕松筠之节。虽菌苕之并蒂，比翼之双飞，未足方其情谊也。

顷缘谗隙之生，远适异国。犹忆临歧分袂，言与涕零。亲戚送者皆为感叹。呜呼！岁月易迁，山川间隔，君留蓟北，妾在江南。鸿帛杳然，鱼书不至，言念及此，未尝不顾影徘徊，泣数行下也。迩年以来，益复情怀恍惚，镜台寂寞。披览往牒，见画眉之胜事，则膏沐无光；想举案之休风，则珍羞不旨。阅未终篇，废书长想。春花空艳，秋月徒圆，子规时助其哀，寒蛩亦增其戚。秦嘉徐淑，岂伊异人，妾之薄命，一至于斯。

前者北使至南，闻君爵列尚书，联姻帝室。夫尚书为喉舌之司，典领枢机，参赞庶务，银章紫绶，焜耀一时。况以萧史之才名，配弄玉之芳姿。或携手于花前，或弹琴于月下。回视牛衣对泣之日，不啻人间天上。独可叹者：既有丝麻，遂弃菅蒯。糟糠之妻，白首饮恨；使宋弘高义，专美千秋。妾独何心，能不悲哉？

呜呼已矣！衰秋蒲柳，倍加憔悴。昔日缠绵，总成幻影。感连理之分枝，悼盛衰之变态。晨钟一叩，万境皆空。自兹而往，妾惟绣佛长斋，参稽三乘；借菩提之杨枝，洗铅华之繁艳。岂更盼鸂鶒于水中，望鸳鸯于塘上乎！但念机上之丝，本为箔上之蚕，虽云得络，讵属无情？况修途困顿，达人所怜；不敢望窦滔之迎，庶少鉴若兰之志，得假片刻，以罄鄙怀，妾之愿也，惟君图之。

今天我身体感觉非常不好

白求恩写给聂荣臻

1939 年 11 月 11 日

诺尔曼·白求恩（1890—1939），加拿大共产党员，国际主义战士，著名胸外科医师。1937 年，中国的抗日战争爆发，白求恩率领一个由加拿大人和美国人组成的医疗队来到中国解放区。在中国工作的一年半中，白求恩在前线救护了大批伤员。仅 1938 年 11 月至 1939 年 2 月的四个月时间里，他便在山西雁北和冀中前线的战地救治中做手术三百余次，建立手术室和包扎所十三处。1939 年 10 月下旬，白求恩在河北前线医院抢救伤员时，左手中指被划破导致细菌感染，随后几天迅速恶化为败血症。在生命弥留之际，白求恩写下这封遗书留给时任晋察冀军区司令员兼政治委员的聂荣臻。

亲爱的聂司令员：

今天我感觉身体非常不好，也许我要和你们永别了！请你给加拿大共产党总书记蒂姆·布克写一封信，地址是加拿大多伦多城威灵顿街十号。同时，抄送国际援华委员会和加拿大民主联盟会。告诉他们，我在这里十分快乐，我唯一的希望就是能够多做贡献。

也要写信给美国共产党总书记白劳德，并寄上一把缴获的战刀。这些信可以用中文写成，寄到那边去翻译。随信把我的照片、日记、文件寄过去，由蒂姆·布克处置。所有这些东西都装在一个箱子里，用林赛先生送给我的那十八美金作寄费。这个箱子必须很坚固，用皮带捆住锁好，外加三条绳子。将我永世不变的友爱送给蒂姆·布克以及所有我的加拿大和美国的同志。

请求国际援华委员会给我的离婚妻子坎贝尔夫人拨一笔生活款子，分期给也可以。我对她应负的责任很重，决不能因为没钱而把她遗弃了。还要告诉她，我是十分内疚的，并且曾经是快乐的。

两张行军床、两双英国皮鞋，你和聂夫人留用吧。马靴、马裤，请转交吕司令。贺将军，也要给他一些纪念品。两个箱子，给叶部长；十八种器械，给游副部长；十五种器械，给杜医生；卫生学校的江校长，让他任意挑选两种物品作纪念。

打字机和绷带给郎同志。

手表和蚊帐给潘同志。

一箱子食品和文学书籍送给董同志，算我对他和他的夫人、孩子们的新年礼物。

给我的小鬼和马夫每人一床毯子，另送小鬼一双日本皮鞋。照相机给沙飞。

贮水池等给摄影队。

医学书籍和小闹钟给卫生学校。

每年要买两百五十磅奎宁和三百磅铁剂，用来治疗疟疾患者和贫血病患者。千万不要再到保定、天津一带去购买药品，那边的价钱要比沪、港贵两倍。

最近两年，是我平生最愉快、最有意义的日子。在这里，我还有很多话要对同志们说，可我不能再写下去了。让我把千百倍的谢忱送给你和千百万亲爱的同志们。

白求恩

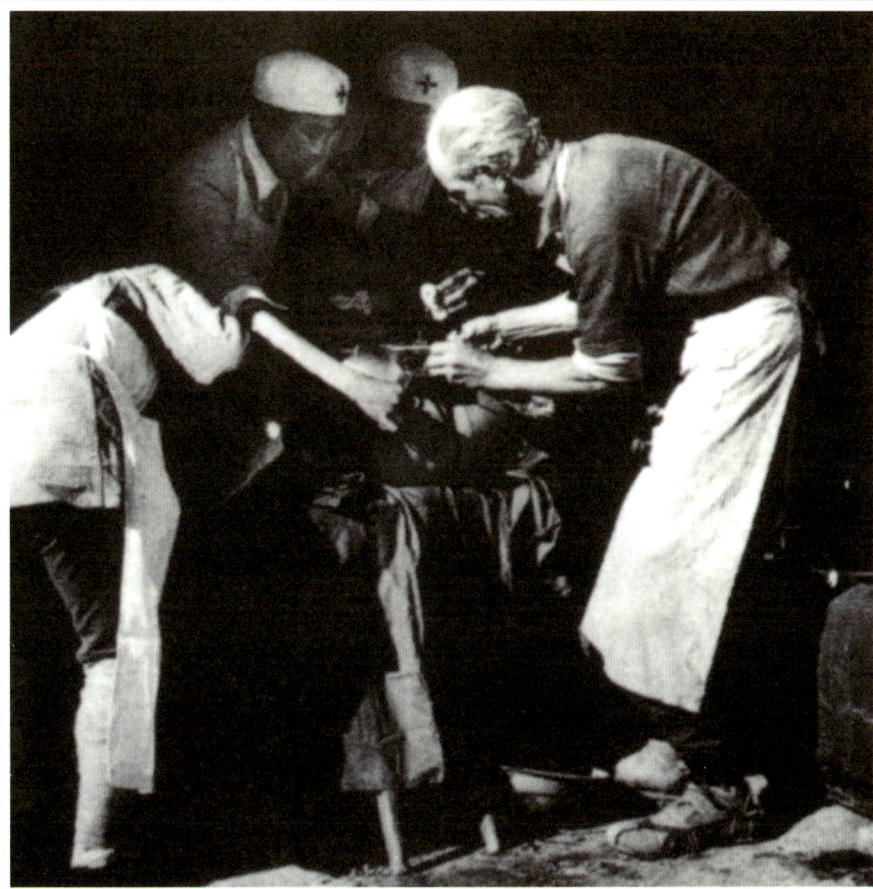

在为伤员做手术的白求恩

1946 年，聂荣臻在晋察冀根据地

真希望这只是个玩笑

郑晖写给书友

2015 年 2 月 5 日

郑晖（1972—2015），自称"小道"，网名三痴。新生代网络作家。因《皇家娱乐指南》《上品寒士》等作品成为中国历史题材网络小说的开创者，在线阅读人数超过六百万。

2015 年 2 月，罹患癌症的郑晖在为《清客》发布完最后一篇更新后，给喜欢自己的读者写了一封绝笔信，向这个世界平静地道别。

2015 年 2 月 5 日，最后一更，为绝笔。

以上这七百来字，是小道在上月 27 号住院前写的。原本打算腰稍微好些就继续写，但是现在，小道不能再继续写作了，小道要向书友们告别了，因为小道命不久矣。这不是开玩笑，小道真希望这只是个玩笑，可是现实就是这么残酷，小道必须面对。

小道这次是因为腰痛无法起床才住院的。不料在 CT 和核磁共振检查时，发现肝部有个巨大的肿块。本地医院束手无策，建议转院。28 号，小道在妻子和朋友的陪同下到了上海，在上海东方肝胆医院就诊。医生建议我加强核磁共振，因为有熟人，结果很快就出来了：肝部肿瘤巨大，达到 17 厘米，涉及肝动脉，无法手术切除，而且已经扩散。右肾有个 4.5 厘米的瘤体，第 3 腰椎也有。这就是小道这次腰痛好不了的原因。

会诊专家又建议找出原始病灶。因为肝部那巨大的肿瘤并不是原发性的，是从其他部位转移来的。其实对小道来说，找出这个原始病灶已无关紧要。既然已经转移、已经扩散，借用国足一句常用的解说词：留给小道的时间不多了。

小道对死亡并不是很恐惧。小道喜欢看书。古来先贤大哲、名士高僧对生死的思考和感悟影响着小道。小道自己也写过一篇名叫《死之闲谈》的散文。可是真的到了这一步，才发现还是很难超脱。这是一支冷箭。小道住院是为了治腰，又何曾想到要面临死亡呢？

母老，妻贤，女幼。牵挂的事真是不少。可是没有办法了，残酷的现实必须面对。小道谈不上什么坚强勇敢，战胜病魔更不是小道主观努力就能行的。小道只是相对而言心态比较平和，没有崩溃而已。无法手术，化疗也不适合，小道现在已经回到广丰的老家，住在妹妹家的老房子里，准备吃点中药，保守治疗。不行的话，就叶落归根。小道将联系红十字会，捐献眼角膜，最后做点有益的事。

小道网名三痴，痴的是读书、围棋和写作。写作是小道热爱的事，并没有当作苦差，致病也不是因为写作太辛苦。整个 2014 年，小道只写了二三十万字。网站编辑没有催促过，编辑知道小道的腰不好、胃不好，一直都是安慰小道，把病养好了一切都好说。只是没想到小道最终会是这种病。

对于写作，小道最大的愿望就是写完《清客》，然后再写完《蹈虚》。现在，已经没有可能了，真是遗憾。这些年小道写《皇家娱乐指南》《上品寒士》《雅骚》，得到了很多读者的支持和鼓励。有些书友还与小道在网上交流，但更多的，则是默默地支持小道。在这里，小道谢谢书友们。

生命无常，惜福眼前。小道趁现在神志还清明、身体机能尚未恶化，会写一些纪念先父和关于亲人的文章。小道骨子里是文人，临死也忘不了手中的笔。不过，在这里，小道要先与书友们道别了。小道在小说中曾经两次引用"太阳照常升起"这句话，而在屈指可数的某一天，小道的太阳将不再升起。

书友们，珍重！

一别两宽，各生欢喜

某人写给妻子
唐

1900 年，敦煌莫高窟出土了大量古代文献，其中有一批《放妻书》，其年代跨越唐末至北宋年间，约在公元 9 世纪至公元 11 世纪前后。这是我国迄今为止发现的最早的离婚协议书。

　　要说夫妻的缘分，应该是伉俪情深，恩深义重，有说不完的走到一起的理由，也有忘不掉的合卺之欢。只要是夫妻，都是前世三生结缘，才能在今生成为一对儿。夫妻相对，恰似鸳鸯，双飞并膝，花颜共坐。两个人的幸福，恩爱极重，二体一心。

　　结婚三年是个坎儿。如果三年还想在一起，那就是美满的夫妻。如果这三年全是眼泪，那两人就会越来越远，相互憎恨。如果缘分不合，那一定是两个前世的冤家碰到了一块儿，一定会吵吵闹闹，反目成仇，凡事都对着干。当妻子的就会唠唠叨叨，当老公的就会烦躁厌倦，两人的关系就像猫鼠相憎，就像把狼跟羊放到一块儿一样。所以，既然这心不能往一块儿想，也就别指望劲儿能往一块儿使了。咱们还是干脆点，通知亲戚朋友，让大家能够理解咱们分手的事，早点把离婚手续办了，各自回到原来的路上才好。

我祝愿你离婚之后，能重梳蝉鬓，美扫蛾眉，多出去秀秀你的窈窕之姿，将来嫁给个当大官的主儿，两人弄影庭前，从此过上琴瑟合韵的幸福生活。咱们这叫冤家宜解不宜结，更犯不着互相憎恨。唯愿咱俩一别两宽，各生欢喜。

我给你准备了够你三年穿的衣裳，三年吃的粮食，这是我真心给你的补偿。衷心祝愿你长寿健康。

于时某年某月某日某乡谨立此书。

原文

盖说夫妻之缘，伉俪情深，恩深义重，论谈共被之因，幽怀合卺之欢。凡为夫妻之因，前世三生结缘，始配今生夫妇。夫妻相对，恰似鸳鸯，双飞并膝，花颜共坐。两德之美，恩爱极重，二体一心。

三载结缘，则夫妇相和。三年有怨，则来仇隙。若结缘不合，想是前世怨家，反目生怨，故来相对。妻则一言数口，夫则反目生嫌。似猫鼠相憎，如狼羊一处。既以二心不同，难归一意，快会及诸亲，以求一别，物色书之，各还本道。

愿妻娘子相离之后，重梳蝉鬓，美扫娥眉，巧逞窈窕之姿，选聘高官之主，弄影庭前，美效琴瑟合韵之态。解怨释结，更莫相憎；一别两宽，各生欢喜。

三年衣粮，便献柔仪。伏愿娘子千秋万岁。

于时某年某月某日某乡谨立此书

这回可真是当年韩信的
背水之战了

褚定侯写给哥哥褚定浩

1941 年 12 月 27 日

褚定侯（1919—1941）毕业于黄埔军校二分校，后被分配入军令部。褚定侯主动要求编入一线部队，遂调至陆军第 41 师 121 团 2 营 6 连担任排长。1941 年 12 月，中日第三次长沙会战即将爆发。褚定侯奉命率部死守浏阳河北岸一处阵地。他在阵地上给远在云南的哥哥写了这封信。信中详细介绍了当时阵地和敌方的进展情况。这封家书发出后不久，日军就进至浏阳河一线，褚定侯仅仅带领着一个排的兵力，与日寇昼夜血战。在前有顽敌、后无援兵的情况下，一直坚守到全排官兵壮烈殉国。第三次长沙会战是珍珠港事件爆发后，盟军与日军交战的首场战役胜利，最终围歼日军 56000 余人的战果，亦可告慰英灵。

浩兄：

如握！

前日寄二书，不知收到否？弟已呈报告与团部，团长未能批准，云此非常紧急之时，不准弟请长假。

弟部队已于昨日早晨出发进占阵地。而于昨日下午，师长亲自到弟阵地中侦察地形，改命弟单独守浏阳河北岸之村落据点，命弟一排死守此处，命弟与阵地共阵亡。又云若在此能坚守七天，则可有办法。

① 第一頁

平江裕同和布莊用牋

陸光如兄：茲日守之志未知城
到否，平已呈報吾與團部、團
長未能批准，公此惟掌堅意之
時之唯平讀辰何一平部隊山於
昨日早晨各處也，俟障地而扼咁
日下午師長親目到吾陳地中
偵察空地形，隨命吾孚獨守測
陽河北岸之村落據點，命孚

②第二頁

平江裕同和布莊用牋

一排兄守此處，命弟與陣地共
陷以，又云吾在此姓堅守七天，列
可有辦法，因此予於昨日世之晚
辛部州守地，連夜趕築二事，及
障碍物陣地之後，辛之尺，成印
為大河，可掩水保，無舟要搶
此真為韓信之背水津矣，本日
情報敵人已達舊羅江，計程三

③第二頁

平江裕同和布莊用牋

四日后即到此，然吾流隊伍姓平
力能抵別姓名以此是否問題，加
之李湘北在平之首次撤守
列敵人之攻勢，讓柏挫傷吾
然吾軍客師官兵均抱視死
扭歸之決心，決不讓敵渡測陽河
南岸未，吾部士兵自思不要他
渡河一同。泊船此次不來列已

④第〇頁

平江裕同和布莊用牋

一未當接一樣，予吾音多列
兄多勿念，諸有不幸列請兄
勿悲，古云：古來征戰幾人回，弟
請告，我規勿悲生死有命守
常在天，兄亦不一此自和自愛多
社兄夕勿念
兄上次寄來洋一百元志趣
特到祈勿念

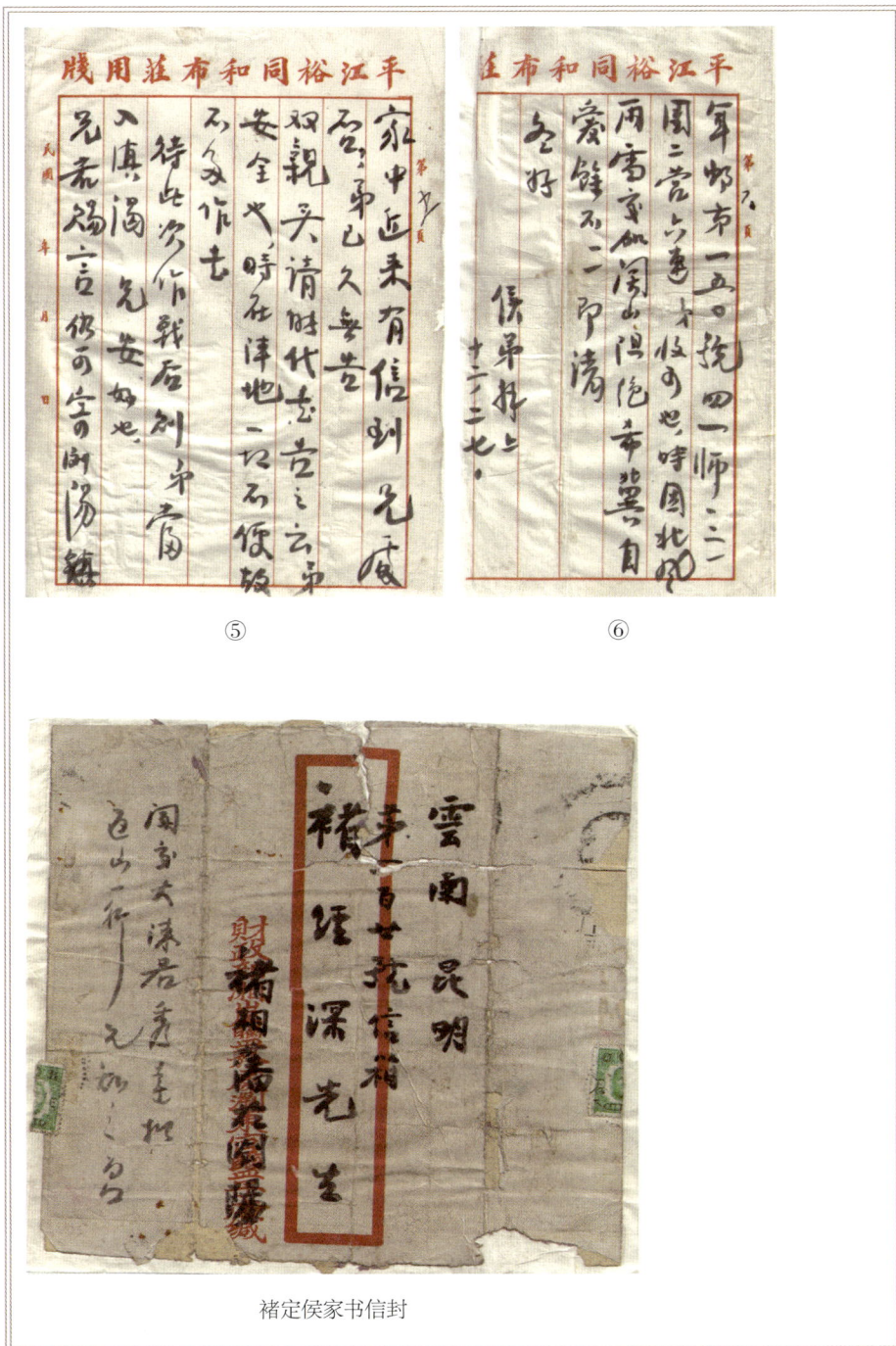

⑤

⑥

褚定侯家书信封

（图片提供：中国人民大学家书博物馆）

因此弟于昨日（廿五）晚率部到守地，连夜赶筑工事及障碍物。阵地之后五十公尺处即为大河，河扩水深，无舟无桥。此真为韩信之背水阵矣。本日情报：敌人已达汨罗江，计程三四日后能到此。然前线队伍能毕力能抵，则能否到此，是为问题。加之本日湘北本年冬首次飞雪，则敌人之攻势，该稍挫缓矣。

然吾军各师官兵，均抱视死如归之决心，决不让敌渡浏阳河南岸来。弟告部士兵"不要让他们渡河！"一句话，敌此次不来则已，一来则拼一拼。弟若无恙则兄可勿念，若有不幸则请兄勿悲。古云："古来征战几人回？"并请告双亲勿悲。生死有命，富贵在天。然弟一切自知自爱，务祈兄勿念。

兄上次寄来洋二百元悉数收到，祈勿念。

家中近来有信到兄处否？弟已久无告双亲矣，请能代书告之，云弟安全也。时在阵地，一切不便，故不多作书。

待此次作战后，则弟当入滇谒兄安好也。兄若赐言，仍可寄浏阳军邮第一五〇号四一师一二一团二营六连弟收可也。

时因北风雨雪交加，关山阻绝，希冀自爱，余不一一。

即请

冬好

侯弟拜上

十二．二七

190

容我将你的躯体关闭在门外

蒋碧薇写给张道藩

1960 年 9 月 6 日

蒋碧薇（1899—1978），出生在宜兴一个世代望族的大家庭里。

徐悲鸿（1895—1953），著名画家、美术教育家。出身贫寒，十三岁随父辗转于乡村镇里，卖画为生，接济家用。1914 年父亲病故。为养家糊口，在宜兴女子学校教习图画。

1917 年，十八岁的蒋碧薇与徐悲鸿私奔日本。1919 年又一起赴法留学，辗转欧洲，蒋碧薇为徐家生下一儿一女，并与张道藩相识。1926 年，蒋碧薇收到张道藩从意大利寄来的求爱信，饱受徐悲鸿冷落的蒋碧薇拒绝了这份感情。张道藩在极度失望中与一位名叫素珊的法国姑娘结了婚。

回国后，徐悲鸿爱上了自己的学生孙多慈，登报宣布与蒋碧薇断绝关系，让蒋碧薇心碎不已。已成为国民党高官的张道藩给蒋碧薇写信抚慰。在 1937 年的重庆，为躲避轰炸，蒋碧薇搬入张家地下室，此后二十年间，两人信件往来多达两千封。1944 年，徐悲鸿再次登报与蒋碧薇断绝关系，并宣布与廖静文结婚。1945 年，蒋碧薇与徐悲鸿正式离婚。尽管婚姻各有不幸，但身为国民党中宣部部长的张道藩因官员身份不便离婚，此后蒋碧薇与张道藩作为情侣，共同生活了十年。1960 年，张道藩把远在澳洲的妻女接回台湾，蒋碧薇写下这封信，终结了这段爱情长跑。

宗：

　　我曾有过这样的想法：自从我被悲鸿遗弃以后，如果没有和你这一段爱情，也许我会活不下去。然而在这二十余年缠绵悱恻的生活里，多一半的时间我都在自怨自艾：为什么还要重投情网，自苦苦人？

蒋碧薇与张道藩

但是我现在感到非常满足，不仅由于一切的凄怆、悲酸、矛盾与痛苦等，都已成为过去，而且，我十分感激你给了我那么多温馨甜蜜的回忆。我的一生还算是幸运的，因为我曾享有你热烈深挚、永矢不渝的爱。"海枯石烂，斯爱不泯"，我希望这一段恋情，真能流传下去。

我认为你也应该毫无憾恨，撑过那么些年人前强笑，泪洒心田的日子，上苍毕竟赐予我们这么多的补偿，我们还能不知足吗？二十年前你的愿望和预言，果然全部实现，你曾说："倘使真有上帝，真有爱神，我想我们今生今世，在未死之前，一定会得到一个有利的时间和环境，来安慰我们的。""只求我俩能漂流到一座小岛，尽一日之欢，然后双双蹈海而死，死而无憾！"宗，有利的机会与环境十年前就奇迹般地降临了，我们等于再世为人，有整整十年的时间晨昏相对，形影不离。在迟年伤暮的时候，却竟绽放了灿烂的爱情花朵。十年，我们尽了三千六百五十日之欢，不顾物议，超然尘俗。我们在小园斗室之中，自有天地，回忆西窗赏月，东篱种花的神仙岁月，我们对此生可以说已了无遗憾。宗，我每每想到我们所处的环境，以及你为了爱我所表现的牺牲精神，你确已使我获得莫大的荣宠和幸福，没有人会怀疑你对我的爱不够挚切，不够忠诚！

四十多年前我们初相见时，大错已经铸成，"恨不相逢未嫁时"，古今中外，有多少宿命论者在这样的爱情悲剧下饮恨终生。然而临到你头上，你便像追求真理般锲而不舍，你和我用不尽的血泪，无穷的痛苦，罔顾一切，甘冒不韪，来使愿望达成，这证实了真诚的人性、尊贵的爱情是具有无比的力量的。现在我们再回顾四十年来的重重劫难，不是可以辗然相向，会心一笑吗？宗，你该晓得我是多么佩服你的果敢和坚毅。

现在好了。亲爱的宗，往事过眼云烟，我们的情缘也将届结束。让我们坚强一点，面对现实，接受命运的安排，在我们生命中最重要的情爱问题必须告一段落，好在我们已经有了弥足珍贵的果实。——希望你，不必悲哀，无须神伤，你和我都应该感戴上苍，谢谢它对待我们的宽大与仁慈，甜美的回忆尽够厮伴我们度过风烛残年。

欢迎素珊和丽莲的万里归来，祝贺你们乔迁新居，重享天伦之乐。素珊的细心熨帖，将会使你的桑榆晚景，过得舒适安谧，请你平抑心情，恢复宁静。不必再惦念我，就当我已振翅飞去，永不复回。

　　我将独自一个留在这幢屋子里，这幢曾洋溢着我们欢声、笑语的屋子里，容我将你的躯体关闭在门外，而把你的影子铭刻在心中，我会在那间小小的阳光室里，沐着落日余晖，看时光流转，花开花谢。然后，我会像一粒尘埃，冉冉飘浮，徐徐隐去。宗，天下无不散之筵席，我还是坚持那么说：真挚的爱无须形体相连，让我们重新回到纯洁的爱之梦中。宗，我请求你，别再打破我这人生末期的最后愿望，我已经很疲累了，而且我也垂垂老矣！

　　虔诚地祝福你和素珊，以及可爱的丽莲，恕我不能向你道再见了，不过，最后的一次，让我向你重申由衷的感激！

雪

我没有一天不在想念你

张道藩写给蒋碧薇

1966 年

蒋碧薇与张道藩的分手是果决的，两人从此再没有任何交集。之后在 1966 年，已近七旬的张道藩写下了他给蒋碧薇的最后一封信。

雪：

我今晚打电话给你，你也许觉得很奇怪！自从我们送平陵兄灵柩落葬的那天，自阳明公墓墓地送你回家以后，又是几年没有见到你了，也许你以为我忘记你了。然而，自从我遵照你的意旨，迁出温州街九十六巷十号，至今已经七年多了，我没有一天不在想念你。

三年前，自我受洗成为基督徒，我便常常在星期日上午十时半至十一时半，到温州街九十六巷五号信友会教堂做礼拜。每一次都可以从教堂楼上的窗户凭眺我和你一同住过十多年的房顶，我曾很多次以我虔诚的心向上帝祷告，为你祈福。平时，每天也总会有很多事物，使我触景生情，想到了你。你相信吗？最近十一个月以来（自从你发表《回忆录》起），更使我每月都有几次缅怀往事，深宵不寐，尤其是刚开始读你的《我与道藩》几期以后，越是如此。

昨晚（现在已是六日上午三时了）读晚报，知道寇拉台风虽然不算强大，但据此间美国军方气象人员说，可能会降豪雨。所以美军、美侨都在做防水准备。回想波米拉台风袭台时，我通化街住宅园中积了两尺深的水，只差一截便将进入屋内。素珊向来是怕水的，看到那种情景，居然引发了心脏病，病了一个多月之久。

上月初台北大雨，大门口街道上只不过积水数寸，她即已忧惧不宁，闹着要上草山（她本不喜欢上草山，更不愿住着这幢房屋）。当时我说："根据我的判断，绝对不会像数年前的那一次一样！"她说："我一见街上的水这么深，早已心慌意乱，如果再像上次一样，那我会被害死的。"于是我们只好匆匆地开车避到草山。便在那个时候，我就想打电话给你。不过，旋即我又想到，我自己既已判断这一回绝不会酿成水灾，那又何必引起你的一场虚惊？考虑再三，结果还是没有打电话。——这是近年来我第一次想打电话给你的经过。

昨天晚上六点钟，倒是由我主动避到草山来的。我在汽车里一直在想，无论如何都要打个电话给你。因为你现在住的温州街九十六巷八号之一，屋基比十号更低，以前就曾几度几乎进水。尤其是我想假如台北市区雨大，海水因台风吹动，发生海啸，倒灌进淡水河，温州街便会有被水淹的可能。到那时候我和素珊得免于水灾，而你反遭水厄，我的心能安吗？因此，我鼓起勇气，拨了你的电话，谁知接电话的不是同弟，那位下女听不出我的声音，连连问我找谁。逼得我不能不讲："我找蒋先生。"她总算听懂了，于是，我又听到了你的声音！当我听到你爽朗的声音时，使我心跳不已。在惊喜之余，也许我有点激动，因而只简短地交换数语，一次向往已久的通话，便这么怅然地结束了。

然而，通话后，十点半钟我便上床，直到深夜两点半钟还是睡不着。我心知今夜失眠已成定局，不如爽性起来给你写信。这便是我忽然又跟你写信的由来。——此刻已经是上午三点五十八分了，台风还不算大，雨势也不见得怎么猛，大概你所在的台北市区也跟草山一样。果若如此的话，那么我们大家又可以侥幸免除一场水灾了。我有许许多多的话要和你说，也有许多关于我们两人的文字——我所写的文字要给你看。还有一件最重要的事必须与你商量，假如你不拒绝和我见面的话，请你指定一个时间（每星期一下午、星期三上午我必须到"中央常会"）。我将登门拜访，和你长谈一次。如何决定，希望你写信寄到我的家里。祝你平安快乐！

宗 上

一九六六年九月六日上午五时于草山

您的财富已经是够多了

柳如是写给丈夫钱谦益

1646 年

柳如是（1618—1664），明清易代之际的著名歌妓，秦淮八艳之一。

钱谦益（1582—1664），明末诗坛盟主之一。东林党的领袖之一，有"学贯天人""当代文章伯"之称，官至礼部侍郎。

1641年（崇祯十四年）钱谦益五十九岁时，迎娶二十三岁的名妓柳如是为侧室，引发舆论哗然，婚礼当天，许多人站在岸边，捡起石头往他们结婚的船上砸去。婚后，在虞山钱谦益为柳如是盖了壮观华丽的"绛云楼"和"红豆馆"，两人读书论诗，相对甚欢。明亡后钱谦益在南京参与拥立福王，任礼部尚书。

1645年，清兵攻陷南京，很多东林党人绝食而死，柳如是劝钱谦益与其一起投水殉国，钱谦益推说"水太凉"而不肯。这一年秋天，钱谦益北上京城，剃发降清。清廷任其为礼部右侍郎管秘书院事，充修《明史》副总裁。拒绝跟随北上的柳如是在第二年春天给钱谦益写了这封书信。

1646年，钱谦益称疾乞归，返回南京，携柳如是返常熟。1647年，钱谦益因黄毓祺案被逮，银铛北上。柳如是扶病随行，奔走营救。出狱后，钱谦益始暗中支持反清复明，失败后心灰意冷，于1664年去世。族人聚众欲夺其房产，柳如是悬梁自尽，卒年四十六岁。

　　自古以来，才子佳人之间、英雄儿女之间，能碰到一块儿的很少，能善始善终的就更难了。比如司马相如遇见卓文君，比如红拂嫁给李靖，这样的好事让我暗自羡慕。

　　我悲叹自己沦落风月的身世。那些花晨月夕、酒绿灯红、凤舞鸾歌的日子，也有不少少年郎君，风流学士，缠绵缱绻，无尽无休。但这些人都是事过情移，就好像梦幻泡影，让我觉得味同嚼蜡，情似春蚕。年复一年，因穿金戴银的奢靡，肉山酒海的耗费，终究是入不敷出，资不抵债，慢慢地也就门前冷落起来。这又让我觉得一身躯壳以外，都是负累，几乎想把这八千烦恼丝全部割去，一心焚修，长斋事佛。

自从相公您屈尊来到我家，我们彼此一见倾心，彻夜长谈。那一晚的恩情美满，盟誓如山，是我有生以来从未有过的经历。让我又能感受到人世间还有此生的欢乐。后来您挥霍万金为我赎身，让我能嫁给您，能日夜服侍您。春宵苦短，冬日正长。冰雪情坚，芙蓉帐暖。海棠睡足，松柏耐寒。我们在一起的这些美好情景，十年如一日。

没想到河山变迁，家国多难。相公您为国家操劳，日不暇给。又跋涉风霜，奔走北上京城。你我从此分手，害得我独抱灯昏。我觉得，相公您的财富已经足够多了，功名已经足够高了，现在正好是你我一起归隐山林、享受晚年的时候。眼下江南春好，柳丝牵动着画舫，湖面的冰已经融化。相公您徜徉于这风景之中，也能得到乐趣。我虽然才华和容貌比不过卓文君和红拂，但如果您回来了，我也可以像无论苏东坡如何被贬始终都侍奉着他的王朝云那样，陪伴在您的身旁，就这样度过一生，我的愿望就全都满足了。

原文

寄钱牧斋书

古来才子佳妇，儿女英雄，遇合甚奇，终始不易。如司马相如之遇文君，如红拂之归李靖，心窃慕之。

自悲沦落，堕入平康。每当花晨月夕，侑酒征歌之时，亦不鲜少年郎君，风流学士，绸缪缱绻，无尽无休。但是事过情移，便如梦幻泡影，故觉味同嚼蜡，情似春蚕。年复一年，因服饰之奢靡，食用之耗费，入不敷出，渐渐债负不赀，交游淡薄。故又觉一身躯壳以外，都是为累，几乎欲把八千烦恼丝割去，一意焚修，长斋事佛。

自从相公辱临寒家，一见倾心，密谈尽夕。此夕恩情美满，盟誓如山，为有生以来所未有。遂又觉入世尚有此生欢乐。复蒙挥霍万金，始得委身，服侍朝夕。春宵苦短，冬日正长。冰雪情坚，芙蓉帐暖；海棠睡足，松柏耐寒。此中情事，十年如一日。

不意河山变迁，家国多难。相公勤劳国家，日不暇给。奔走北上，跋涉风霜。从此分手，独抱灯昏。妾以为相公富贵已足，功业已高，正好偕隐林泉，以娱晚景。江南春好，柳丝牵舫，湖镜开颜。相公徜徉于此间，亦得乐趣。妾虽不足比文君、红拂之才之美，藉得追陪杖履，学朝云之侍东坡，了此一生，愿斯足矣。

忘记那黑暗的美国吧!

钱学森写给郭永怀

1956 年 9 月 11 日

钱学森（1911—2009），著名科学家，空气动力学家，中国载人航天奠基人，被誉为"中国航天之父""中国导弹之父""中国自动化控制之父"和"火箭之王"。

郭永怀（1909—1968），著名力学家、应用数学家、空气动力学家，中国近代力学事业的奠基人之一。

钱学森与郭永怀，同为世界气体力学大师冯·卡门的弟子，曾联名发表论文。1956 年，自海外先行回国的钱学森，殷切期盼着当时人还在美国的郭永怀到来，而后者正在为摆脱美国政府的限制想方设法。当郭永怀历经曲折终于就要回到祖国时，钱学森早早写下这封信，希望郭永怀在一踏上国土的那一刻就能看到。钱学森和郭永怀后来携手为中国的"两弹一星"事业以及众多一流学科的建设，做出了巨大的贡献。

永怀兄:

这封信是请广州的中国科学院办事处面交，算是我们欢迎您一家三众的一点心意！我们本想到深圳去迎接你们过桥，但看来办不到了，失迎了！我们一年来是生活在最愉快的生活中，每一天都被美好的前景所鼓舞，我们想你们也必定会有一样的经验。今天是足踏祖国土地的头一天，也就是快乐生活的头一天，忘记那黑暗的美国吧！

我个人还更要表示欢迎您，请您到中国科学院的力学研究所来工作，我们已经为您在所里准备好了您的"办公室"，是一间朝南的在二层楼的房间，淡绿色的窗帘，望出去是一排松树。希望您能满意。您的住房也已经准备了，离办公室只五分钟的步行，离我们也很近，算是近邻。

　　自然我们现在是"统一分配"，老兄必定要填写志愿书，请您只写力学所。原因是：中国科学院有研究力学的最好环境，而且现在力学所的任务重大，非您来帮助不可。——我们这里也有好几位青年大学毕业生等您来教导。此外力学所也负责讲授在清华大学中办的"工程力学研究班"（是一百多人的班，由全国工科高等学校中的五年级优秀生组成，两年毕业，为力学研究工作的主要人才来源）。由于上述原因，我们拼命欢迎，请您不要使我们失望。

　　嫂夫人寄来的书，早已收到，请不必念念！

　　不多写了，见面详谈。

　　即此再致

　　欢迎！

钱学森

1956 年 9 月 11 日

1938 年，钱学森摄于加州理工学院。

郭永怀与妻子、女儿的全家福

分家，是为了让你们了解
持家、处世的不易

顾若璞写给两个儿子

1632 年

顾若璞（约 1592—1681），字和知，浙江钱塘人，明末清初著名女诗人。出身名门，十五岁嫁给黄茂梧为妻。黄家亦为书香门第，闲暇之际，顾若璞与其夫歌咏酬答，自得其乐。可惜丈夫英年早逝，寡居的顾若璞全面掌管着家族事物，两个儿子及孙辈都由她一手教养成人。她建造了一条读书用船，泊在西湖一个隐蔽的角落里，雇用了塾师指导孩子们学习，自己也一直坚持读书和写作。她组织起了中国历史上第一个由女性组成的文学团体蕉园诗社，与孙女辈一起，在杭州的山水间过着风雅的生活。晚年的顾若璞在一系列纷至沓来的灾难中去世，享年九十岁。学界也有一种说法，认为《红楼梦》的作者是顾若璞的外孙洪昇，作品的主要原型就是蕉园姐妹。老祖宗贾母的形象，则取自杭州洪黄钱顾四大家族共同尊崇的"老祖宗"顾若璞的真实故事。这封信原题为《与二子析产书》，写于 1632 年（崇祯五年）。此时顾若璞四十一岁，掌管家族事务已有二十六年了。看到儿子长大成人，婚娶已毕，熟读经典的她做出了一个与传统中国家族理念相反的决定，让两个儿子提前分家，各自打理自己的家庭事务。

　　自从万历丙午年，我嫁给你们的父亲到今天，我经历家族事务已经二十六年了。这期间辛苦备尝，风波遍历。我只有兢兢业业，日夜操劳，不敢有半点闪失，为的是不让长辈费心，还真不是我喜欢干这些事。我这么做还有一个原因，就是你们的父亲刚出生十个月，奶奶就去世了，到我嫁过来的时候，家里已经是贫病交加，处世艰阻，茫无头绪。你们的父亲弥留之际，唯一的遗言便是丧事从简，好好教诲你们继承书香门风，好好奉养你们的祖父，为他无法给父亲养老送终而赎罪。

我当然要听你们爸爸的话，操持这个家比以前更加小心翼翼，如临渊履冰，总是担心万一失足使先人的基业倾倒。到了爷爷去世之后，这寡妇孤儿之家又历经了多少风波，那些不能对外人说的苦楚，数也数不清。我在壬子年生下了灿儿，甲寅年生下了炜儿。外人只看见你们是生于仕宦之家，有舒适的房子，衣食无忧，几乎不知道还有什么人间疾苦。但有谁知道我是如何拮据艰难，心劳力拙，二十六年如一日，勉强维持着这个飘摇的家庭不至于倒下呢？

如今你们都长大了，婚嫁已毕，重任有托，我可以稍微轻松一点了。所以，我打算以分为合，把家产分拆给你们两个，让你们各自管理自己的家事。我倒是想多操点心，让你们永远都轻松快乐，到了你们继承了祖先的产业就完了。但是理性和见识告诉我，分家是对的。

如果哪个家庭能做到九代同堂，大家都会赞扬说这是仁义之家。照顾好老人，养育好孩子，这两件事都不容易。能够同时把这两件事都做好，大家就会赞扬说这是有本事的人。但在一起的人即使情感上没有隔膜，面对具体的事却可能有矛盾。有爱花钱的，有不爱花钱的；有喜欢奢华享受的，有喜欢简单日子的。好恶不同，人情各异，千差万别，不可能每件事都能让所有人满意。更何况人都是相处的日子长了，就容易互相忽视。互相忽视就会产生嫌隙。所以说，离则思合，合则思离，离中有合，合中有离。这个道理，大家一定要想明白。

让我高兴的是两个儿媳妇都贤惠聪明，能勤俭持家，能尊重传统。趁着我还没老，咱们就把这家产清点拆分了，好让你们知道家道之艰难如此，世务之艰难如此。你们也长大了，也懂事了，咱们家也没什么内顾之忧，也没什么解决不了的难题，谁说必须得合在一起过日子，才是最好的选择呢？

家里现在的每一缕丝、每一粒米，都是我数十年操劳积累下来的。我最大的愿望，就是你们两个人能小心地守住家业，并且把它发扬光大。

原文

与二子析产书

予自万历丙午归汝父，遂涉历家事二十六年。中间辛苦备尝，风波遍历。予惟是兢兢业业，夙作夜思，罔敢失坠；以无贻父母忧者，岂好为是劳哉？亦缘汝父生十月而祖母见背，至我归时，贫与病合，处世艰阻，事非一端。且弥留之际，止嘱终事从俭，善教汝辈以继书香；善事祖父，以赎己事亲不终之罪。

予固一遵先志，较前十三年更小心翼翼，如临深履冰，常恐折足而覆先人之业。至于祖父逝后，多少风波，寡妇孤儿，所不能对人言者，未易一一数也。予于壬子生灿儿，于甲寅生炜儿，止见其生于仕宦之家，长而居处晏如，衣食粗给，几不知有困苦事。岂知而母之拮据卒瘏，以仅免漂摇之患者，二十六年如一日也。

今幸儿辈俱长成，婚嫁已毕，重任有托，我责稍轻，故以分为合，析汝二子，使各庀其家事。夫吾岂不欲劳我而逸汝、俟绳其祖武哉？良以有所见而然也。九世同居，时旌其义。二难孝养，并以德称。第情不隔而事或暌，丰俭之异尚，多寡之各适，好恶之不相符也。人情异同，其数多端，岂能一一如我之愿？况人情习久则慢易生，慢易生则嫌隙起。是故离则思合，合则思离，离中之合，合中之离，不可不致审也。喜两媳贤哲，能俭约，守祖制。及我年力未迈，一一清分，使知家道之艰难如此，世务之艰难如此。自成立以渐进于礼义，庶无内顾之忧，亦鲜永终之敝，岂必合为是哉？

若夫一丝一粒，皆自我数十年勤劬中留之。则所以谨守而光大之者，更于二子，有厚望矣！

惟望大人见信早可收心

卫景安写给父母

1930 年前后

卫景安（1911—1973），山西万荣县皇甫乡北吴村人。1928 年，其父母出于让儿子多学本事、将来立撑门户的考虑，让景安走西口学本事。卫景安先后在甘肃兰州、张掖、平凉、定西、酒泉等地的商号供职，练就了精到流利的珠算和潇洒赢人的毛笔字。

卫景安和家人联系多靠书信。其与家乡亲人们来往的二十五封家书信函，由其子卫茂轩保存至今。信件全都纸质精良、笔迹娟秀，透露出当年的时代气息、市井人情。

父母亲二位老大人：

堂前万福金安！

饮食加餐，家务顺遂，是儿万幸。敬禀者，前托局带家一信，谅大人早视过矣。内禀亦无要事，今不再重，信后此间如常。昨日忽接大人玉书一支，遂即剖展，内附儿祖父一信，跪诵之下，内情均领……

自儿出家门以来，咱处连遭荒旱，此是苍天收人，非人所欲，亦说不起。今岁竟又遇此大兵灾，扰害万民，每日捐粮要草，富家尚可，穷者度口不及，还要支此大差。况咱家又背人的月息，大人且还有此烟瘾，一家还要缴费，每年毫无进文，指儿养家。儿是笨才，指靠不上，每年将人月息均挣不出，指家出产。农人非地不可，且咱家地又无几多，从何而来？除非破产，既想破产，大人要知咱非前数年家道。

信写至此，令儿实在伤情，泪湿胸前。且家务之事又不好对号伙明言，恐人耻笑。只是蹙锁眉梢，自愧己命，该怨何人？惟望大人见信早可收心，将瘾减断，银钱当事，顾举家性命。不然，儿虽在外，心在其家，昼夜思想，无计可施，致儿坐卧不安，如疯一般。

思前想后，欲跟年终与家捎些银两，以顾咱家燃眉之急。但儿今岁初到公号，穿衣尚不够用，实在无力。非儿不知咱家寒苦。待至明春，儿若在公号，总想与家捎些银两，未知能如愿否？

托吴兴家与儿带来包袱，前亦无错收讫。遂试，袜子合适，鞋暂穿棉袜亦宜，穿夹袜显大，量裁。惟齐口鞋梁太浅，后做再可深上五分为要。只有此数尺白布，儿甚看不上，粗纱如麻。又视，齐口鞋扇上有一小窟窿，可见内正做活毫无敬意，与人往外捎就是此等粗糙，倘在家穿可该如何？全然不怕人笑，祈大人见字重责内正，往后紧要注意。

再儿前信问咱家刻还欠人多少外债，并问内正此数年堂前孝否？前接大人玉函，未示贰事。想是内正在家不孝，丑难出口，致儿甚念……信写至此，金鸡连唤，就此作罢，不再细禀。

敬请金安

恭候胞姐大人近祺

亲戚邻友均吉

不孝儿 景安叩禀

腊月初八日夜灯

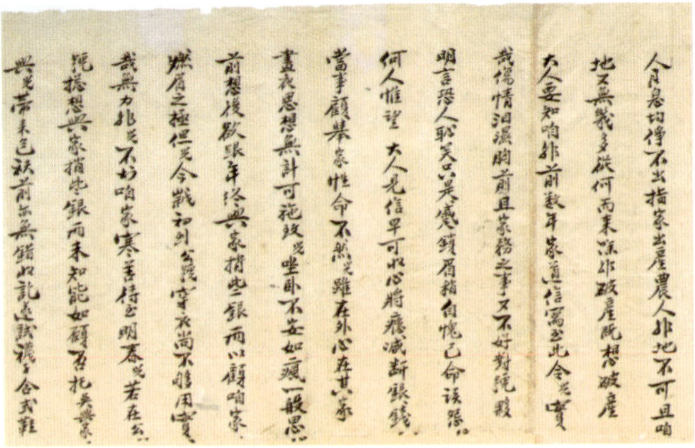
人艮急切停不出指家出屋農人非地不可且咱
地又無幾多彼何而来深非破屋既想破屋
大人要知咱非前數年家道信寫至此令人實
哉傷情淚濕胸前且家務之事又不好對純毅
明言累人恥笑只是愚鐵眉稍自愧己命該勞
何人惟望 大人見信早可收心將應減斷銀錢
當事顧其家性命不然人雖在外心在其家
晝夜思想無計可施致人坐卧不安如痴一般思
前想後欲跟年終無家指些銀兩以顧咱家
燃眉之極但人今歲初外出穿衣尚不能周實
哉無力非人不好咱家寒苦侍至明春若在外
純指想無家指些銀兩未知能如願否托兵
其人带来已获前言無錯如説逆試襪合我鞋

卫景安手书
（图片提供：中国人民大学家书博物馆）

敬禀三信老大人堂前萬福金安飲食加餐家務順...
遠是兒萬事承頁者前托局帶家書信誠...
大金祝遠矢内票亦要事令不再冲信後此間...
如常咋日忽接 大金書信又遂卸到展内測...

先

祖父信晚誦之下内情詢領兒　　　　祖父

老母外天令人甚義惟青拖兒信更不須與人...

大人先是草扎勿須鄉舍矢前信雖云...
如此為儍與 大人讀議可自候
大人信擇郎進...
命係承既 大人合信重疊矢謹遵命不敢冒...

把持公年終話下只盡院長要兒我何矢撰不群...
出向响家惸苦矢亦偹知時刻在心蕚中不忘
大人金玉來信参年矢戴不與家捐半文錢
親切不嫌　大人難卅此說若郎三歲後童不懂...
　　　　今不醒自己光景亦不逼與兒記忠情罷
而己有為此家重遭荒年此吳奢矢收...
人作人所愈亦記不起令我竟又遇此大兵矢
攪害萬民每母捐糧要草富家出可窮者廢...

　　　　　　　　　　　　　　　　　（下段）

凡不極遠要夫此大差况咱家又背人的月息
大人且盡有此煙癮一家一要戰事半年竟無...
况又指些養家矢茶才指靠不上逾年將...

韓字様誠亦宜幸訊浅頭大量我惟群口鞋
樣衣浅後做再可深上五分為憑只此教民矣外...
若善美不止租欲缸蘇又說孫口鞋廠上有小銃...
寔可先當做活竟興人桂外捎訊矣
此辈短遭做在家寔可我如何含然不怕人矢好
大人光生重疊要言兒信後緊要注意兮前作同
响家剖遠矢多矢外債並此教年豐前...
孝尊不挫　大人武未示矣矣想矣巡在家
不孝醜難出口致矢懇念我何...
暑帋兒姓又再不妨响家今年迁夏复吳釋羮進
有田祭状蓄三人矣尚咱庭情形訴云惟萬家
未曾官家官合村挠地誰州捐未妨咱對若何可再
芒很百敖月末光矣　姐夫事扎不妨又處何虛對兩
　　祖父書信出日咔付到逵年待令冬未最喬
兩殘名如半未償兄不知半信寔忠此金銀重喚
記此作罷不再細寫敢誌

　　　　　　親戚鄭友(略)
　　　　脆姐大人(略)
　　　　　金安　　恭履

　　　　　　　　景安叩禀

臘月初八日夜燈

有些问题恐怕我答不出

鲁迅写给许广平

1925 年 3 月 11 日

鲁迅（1881—1936），著名文学家、思想家，五四新文化运动的重要参与者，中国现代文学的奠基人。
鲁迅的一生，曾经与两位女性有过婚姻关系。一是当他二十五岁的时候，在母亲的主持下与山阴朱安女士结婚。二是 1925 年他在北京女子高等师范学校国文系教书时爱上学生许广平。热爱鲁迅的许广平上课时总是坐在头一排，并且主动给先生写了信请教人生困惑。收到许广平来信的当天，鲁迅便写了这封回信。两人的一世情缘就此展开。

广平兄:

今天收到来信，有些问题恐怕我答不出，姑且写下去看。

学风如何，我以为和政治状态及社会情形相关的，倘在山林中，该可以比城市好一点，只要办事人员好。但若政治昏暗，好的人也不能做办事人员，学生在学校中，只是少听到一些可厌的新闻，待到出校和社会接触，仍然要苦痛，仍然要堕落，无非略有迟早之分。所以我的意思，倒不如在都市中，要堕落的从速堕落罢，要苦痛的速速苦痛罢，否则从较为宁静的地方突到闹处，也须意外地吃惊受苦，其苦痛之总量，与本在都市者略同。

学校的情形，向来如此，但一二十年前，看去仿佛较好者，因为足够办学资格的人们不很多，因而竞争也不猛烈的缘故。现在可多了，竞争也猛烈了，于是坏脾气也就彻底显出。教育界的清高，本是粉饰之谈，其实和别的什么界都一样，人的气质不大容易改变，进几年大学是无甚效力的，况且又有这样的环境，正如人身的血液一坏，体中的一部分决不能独保健康一样，教育界也不会在这样的民国里特别清高的。

所以，学校之不甚高明，其实由来已久，加以金钱的魔力，本是非常之大，而中国又是向来善于运用金钱诱惑法术的地方，于是自然就成了这现象。听说现在是中学校也有这样的了，间有例外者，大概即因年龄太小，还未感到经济困难或花费的必要之故罢。至于传入女校，当是近来的事，大概其起因，当在女性已经自觉到经济独立的必要，所以获得这独立的方法，不外两途，一是力争，一是取巧，前一法很费力，于是就堕入后一手段去，就是略一清醒，又复昏睡了。可是这不独女界，男人也都如此，所不同者巧取之外，还有豪夺而已。

我其实那里会"立地成佛"，许多烟卷，不过是麻醉药，烟雾中也没有见过极乐世界。假使我真有指导青年的本领——无论指导得错不错——我决不藏匿起来，但可惜我连自己也没有指南针，到现在还是乱闯，倘若闯入深坑，自己有自己负责，领着别人又怎么好呢，我之怕上讲台讲空话者就为此。记得有一种小说里攻击牧师，说有一个乡下女人，向牧师历诉困苦的半生，请他救助，牧师听毕答道："忍着罢，上帝使你在生前受苦，死后定当赐福的。"其实古今的圣贤以及哲人学者所说，何尝能比这高明些，他们之所谓"将来"，不就是牧师之所谓"死后"么？我所知道的话就是这样，我不相信，但自己也并无更好解释……

我想，苦痛是总与人生联带的，但也有离开的时候，就是当睡熟之际。醒的时候要免去若干苦痛，中国的老法子是"骄傲"与"玩世不恭"，我自己觉

1927 年 10 月 4 日，鲁迅初抵上海合影。前左起：周建人、许广平、鲁迅。后左起：孙熙福、林语堂、孙伏园

得我就有这毛病，不大好。苦茶加"糖"，其苦之量如故，只是聊胜于无"糖"，但这糖就不容易找到，我不知道在那里，只好交白卷了。

……我再说我自己如何在世上混过去的方法，以供参考罢——

一、走"人生"的长途，最易遇到的有两大难关。其一是"歧路"，倘若墨翟先生，相传是恸哭而返的。但我不哭也不返，先在歧路头坐下，歇一会，或者睡一觉，于是选一条似乎可走的路再走，倘遇见老实人，也许夺他食物充饥，但是不问路，因为我知道他并不知道的。如果遇见老虎，我就爬上树去，等它饿得走去了再下来，倘它竟不走，我就自己饿死在树上，而且先用带子缠住，连死尸也决不给它吃。但倘若没有树呢？那么，没有法子，只好请它吃了，但也不妨也咬它一口。其二便是"穷途"了。听说阮籍先生也大哭而回，我却也像歧路上的办法一样，还是跨进去，在刺丛里姑且走走，但我也并未遇到全是荆棘毫无可走的地方过，不知道是否世上本无所谓穷途，还是我幸而没有遇着。

二、对于社会的战斗，我是并不挺身而出的，我不劝别人牺牲什么之类者就为此。欧战的时候，最重"壕堑战"，战士伏在壕中，有时吸烟，也唱歌，打纸牌，喝酒，也在壕内开美术展览会，但有时忽向敌人开他几枪。中国多暗箭，挺身而出的勇士容易丧命，这种战法是必要的罢。但恐怕也有时会迫到非短兵相接不可的，这时候，没有法子，就短兵相接。

总结起来，我自己对于苦闷的办法，是专与苦痛捣乱，将无赖手段当作胜利，硬唱凯歌，其是乐趣，这或者就是糖罢。但临末也还是归结到"没有法子"，这真是没有法子！

以上，我自己的办法说完了，就是不过如此，而且近于游戏，不像步步走在人生的正轨上（人生或者有正轨罢，但我不知道），我相信写了出来，未必于你有用，但我也只能写出这些罢了。

鲁迅

3 月 11 日

《见字如面》入选信件文档 编号 056

发动群众是
一桩没有底的工作

叶至善写给父亲叶圣陶

1964 年 9 月 27 日

叶至善（1918—2006），中国少年儿童出版社社长、总编辑兼《中学生》主编，第六、七届全国政协常委、副秘书长。

叶圣陶（1894—1988），著名作家、教育家、出版家和社会活动家。

1963 年至 1966 年，中共中央在全国城乡开展了清工分、清账目、清仓库和清财物的"四清运动"，这个运动后期转化为清思想、清政治、清组织和清经济。数百万干部下乡下厂，与贫下中农实现同吃、同住、同劳动，并对基层干部进行经济和政治上的清理整顿。叶至善在四清运动达到高潮的 1964 年下乡。在此期间他给父亲叶圣陶写了多封家书，讲述了所在农村生产队的运动进展情况，也提出了自己的一些困惑。

爹爹：

上星期害了一场病，大概是受了风寒引起的。今天才好像恢复健康了。两卷报纸和信都收到。报纸在病中看完了，包括林彪和罗瑞卿的文章在内。广播天天可以听。因为近来收割忙，晚上开会较少，就是有会也开得比较简短，来得及听联播节目。

贫下中农代表会和三级干部会已经在上星期三结束，揭发出来全公社贪污盗窃的钱十七万元以上，粮食十七万斤以上。程广大队是十八个大队中最穷的，可是钱和粮都超过一万，所以更为突出。在程广大队的九个小队中，我包的小队数目比较小，一个前任队长，是五百多元，一千多斤粮；一个会计，是二百多元，七八百斤粮。大体差不多了。别的队还有跟实际差得很远的。这并不是我工作特别好，因为这个小队情况比较简单，许多事情是明摆着的，所以一抓就牢。现在的工作是把这些账进一步查对清楚，要他们两人在社员面前再做检查，初步做好通赔计划。这样一来，经济不清问题就算告一段落。其实，经济不清跟思想、政治、组织不清，不能截然分开的。经济不清的干部，绝不可能引导社员走社会主义道路，他们之间必然互相勾搭，通同作弊。这些问题，将来得一一解决好了，才能提高社员的觉悟，使他们有搞好集体经济的信心。

关于"三同"，我下来的时候就有了豁出去的决心，所以一切并不在意。不怕脏，不怕累，我能切实做到。现在看来，不怕累有点过了头，超过了力所能及，所以倒应该稍稍有点节制。例如生水（是井水）照样喝（他们的高粱米饭就是用生水淋的），苍蝇叮满的饼子，照样吃。村里患肺病的人很多，有开放性的，我们照样挨家吃饭。冷水洗脸、洗脚，甚至擦身，都不算一回事。有时候饭馊了，饼酸了，也照样吃。吃了粗粮，消化特别好，胃肠从来没有感到不舒服。

关于抓主要矛盾，这件事我也在考虑。例如病人多，是不讲卫生的缘故。但是不讲卫生的主要原因，是经济拮据。一家人合用一条脏毛巾，害眼睛病和生疮的，当然很多了。有病根本瞧不起，也无法休息，小病也变成了慢性病。要是不搞好集体经济，病人多的问题就没法解决。但是大家对集体经济的热情又并不高。妇女根本不参加集体劳动。她们要养猪、养鸡、管孩子。男劳力也把很大一部分精力放在自留地和开荒地上。怎么改变这种情况，主要抓什么矛盾，真是不容易想清楚。现在把经济不清的干部抓出来了，是不是就能带动社员对集体经济的积极性，也想不清楚。好像中间还缺了一大段似的。总之，建设工作看来要比揭露"四不清"工作困难得多。群众发动起来了什么都好办，这句话是不错。但是发动群众是一桩没有底的工作，任何时候都不敢说已经充分发动了。

似乎只有拿工分的成果反过来检查群众到底充分发动了没有。

这两天主要抓秋收，运动比较松一些。秋收加上秋耕，大约要忙到十月底，还要搞好分配。今年口粮要多留些，征购要减少些。因为口粮年年不够吃，余粮大概不卖了。分配也是一件不容搞好的事。社员们三年来没有分到过钱，三分之一在队上有存款（只是账面上有，实际领不到，因队上没有钱），二分之一有欠款（因为工分值抵不了口粮钱）。我们总想在今年分配时，每户都能得少数现款，好添置过冬衣被（布票已发下来了），但是怕很难做到。因为征购一减少，队上的现金更少了。这个矛盾也很不好解决。

社员们对我一般都很好。我病了，也常有人来看我，说要给我做什么吃的，我都婉言谢绝了。只是有少数人，对我们还有距离，其中有的是原来与"四不清"干部有勾搭的，有的是自私心很重的。对他们的工作很难做，功夫花得不少，收效不多。一般说群众发动起来了，总指比较积极的和中间状态的，要说真正发动起来，就得包括那些落后层。

又写了许多，杂乱无章。离前一封信已经九天了，怕您挂念，所以身体稍好一些又动笔了。祝好。

儿 至善上
九月二十七日

这是我给你的最后的信了

陈觉写给妻子赵云霄

1928 年 10 月 10 日

陈觉（1903—1928），原名陈炳祥，革命烈士。1925 年加入中国共产党，1928 年 10 月被敌人杀害，时年 25 岁。赵云霄（1906—1929），革命烈士。1925 年夏加入中国共产党。

1925 年，陈觉和赵云霄在莫斯科中山大学学习期间相识相恋，后结为伉俪。学成后一同回国，投身革命。1928 年初秋，陈觉和已怀身孕的赵云霄在湖南先后被捕，并被判处死刑。赵云霄因怀有身孕，刑期推迟。1928 年 10 月 10 日，陈觉给妻子赵云霄留下这封诀别信后从容赴死。

云霄我的爱妻:

这是我给你的最后的信了，我即日便要处死了，你已有身孕，不可因我死而过于悲伤。他日无论生男或生女，我的父母会来抚养他的。我的作品以及我的衣物，你可以选择一些给他留作纪念。

你也迟早不免于死，我已请求父亲把我俩合葬。以前我们都不相信有鬼，现在则唯愿有鬼。"在天愿为比翼鸟，在地愿为并蒂莲，夫妻恩爱永，世世缔良缘。"回忆我俩在苏联求学时，互相切磋，互相勉励，课余时间闲谈琐事，共话桑麻，假期中或滑冰或避暑，或旅行或游历，形影相随。及去年返国后，你路过家门而不入，与我一路南下，共同工作。你在事业上、学业上所给我的帮助，是比任何教师任何同志都要大的，尤其是前年我病本已病入膏肓，自度必为异国之鬼，而幸得你的殷勤看护，日夜不离，始得转危为安。那时若死，可说是轻于鸿毛，如今之死，则重于泰山了。

前日父亲来看我时还在设法营救我们，其诚是可感的，但我们宁愿玉碎却不愿瓦全。父母为我费了多少苦心才使我们成人，尤其我那慈爱的母亲，我当年是瞒了她出国的。我的妹妹时常写信告诉我，母亲天天为了惦念她的远在异国的爱儿而流泪，我现在也懊悔此次在家乡工作时竟不曾去见她老人家一面，到如今已是死生永别了。前日父亲来时我还活着，而他日来时只能看到他的爱儿的尸体了。我想起了我死后父母的悲伤，我也不觉流泪了。云！谁无父母，谁无儿女，谁无情人！我们正是为了救助全中国人民的父母和妻儿，所以牺牲了自己的一切。我们虽然是死了，但我们的遗志自有未死的同志来完成。大丈夫不成功便成仁，死又何憾！此祝

健康

并问

王同志好

觉 手书

一九二八年十月十日

小宝宝，
我不能抚育你长大了

赵云霄写给女儿启明

1929 年 3 月 24 日

陈觉牺牲 4 个月后，赵云霄在长沙陆军监狱生下一名女婴，取名启明。1929 年 3 月 24 日，小启明刚过满月十几天，赵云霄接到了死刑执行书。她给女儿写下了这封遗书。两天后，赵云霄慷慨就义。

启明我的小宝贝：

启明是我们在牢中生了你的时候为你起的名字，这个名字是很有意义的。因为有了你才四个月的时候，你的母亲便被湖南清乡督办署捕到陆军监狱署来了。当那时你的母亲本来是立时处死的罪，可是因为有了你的关系，被督办署检查了四、五次，方检查出来是有了你！所以为你起了个名字叫启明（与你同样同生一个叫启蒙）。小宝宝！你是民国十八年正月初二生的，但你的母亲在你才又一月有十几天的时候，便与你永别了。小宝宝，你是个不幸者，生来不知生父是什么样，更不知生母是如何人！小宝宝！你的母亲不能抚养你了，不能不把你交与你的祖父母来养你。你不必恨我，要恨当时的环境！

小宝宝！我很明白的告诉你，你的父母是共产党员，且到俄国读过书（所以才处我们的死刑）。

你的父亲是死于民国十七年阳历十月十四日，即古历九月初四日。你的母亲是死于民国十八年阳历三月二十六日，即古历二月十六日。小宝贝！你的父母你是再不能看到，而且也没有相片给你；你的母亲所给你的纪念只有相片和衣物及一金戒指，你可作一生的唯一的纪念品！

　　小宝宝！我不能抚育你长大，希望你长大时好好的读书，且要知道你的父母是怎样死的。我的启明，我的宝宝！当我死的时候你还在牢中。你是个不幸者，你是个世界上的不幸者！更是无父母的可怜者。小明明，有你父亲在牢中给我的信及作品，你要好好的保存！小宝宝，你的母亲不能多说了。血泪而书成。你的外祖母家在北方，河北省阜平县。你的母亲姓赵，你可记着。你的母亲是二十三岁上死的。小宝宝！望你好好长大成人，且好好读书，才不辜负你父母的期望。可怜的小宝贝，我的小宝宝！

你的母亲于长沙陆军监狱署泪涕

一九二九年三月二十四日

十二时快到了，就要
上杀场了

刘伯坚写给家属至亲

1935 年 3 月 20 日

刘伯坚（1895—1935），革命家，红军烈士。1921 年与周恩来等发起组织中国少年共产党，1922 年转为中国共产党党员，后被派往苏联学习军事。到中央苏区后，任苏区工农红军学校政治部主任、军委总政治部宣传部副部长。中央红军长征后，留在苏区坚持斗争。1935 年 3 月率部队突围时不幸负伤被捕。敌人为炫耀胜利，押着负伤戴镣的刘伯坚在大庾县（今大余县）游街示众。刘伯坚写下了慷慨激昂的《带镣行》：“带镣长街行，蹒跚复蹒跚，市人争瞩目，我心无愧怍。”

王叔振（1906—1935），红军烈士，曾任中共苏区中央局秘书科科长。刘伯坚夫人，与刘伯坚育有三子。1934 年秋，红军长征后留在江西，1935 年 3 月成功突围到达福建，却先于刘伯坚被杀害。

1935 年 3 月 20 日，刘伯坚在给亲人留下最后一封信之后壮烈牺牲。这一天，他并不知道妻子已经离世，中央红军正在第四次渡过赤水河。他也不知道，收养了他小儿子熊生的黄荫胡，后来为保护熊生牺牲了生命。为了让熊生能够上学读书，黄家卖掉了自己的亲生骨肉。知道了这一切的熊生，长大后再也没有离开这片红土地。

刘伯坚写给兄嫂

凤笙大嫂并转五六诸兄嫂：

本月初在唐村写寄给你们的信，绝命词及给虎、豹、熊诸幼儿的遗嘱，由大庾县邮局寄出，不知已否收到？

弟不意现在尚留人间，被押在大庾粤军第一军军部，以后结果怎样，尚不可知，弟准备牺牲，生是为中国，死是为中国，一切听之而已。

现有两事须要告诉你们，请注意！

一、你们接我前信后必然要悲恸失常，必然要想方法来营救我。这对于我都不须要，你们千万不要去找于先生及邓宝珊兄来营救我。于、邓虽然同我个人感情虽好，我在国外，叔振在沪时还承他们殷殷照顾，并关注我不要在革命中犯危险，但我为中国民族争生存、争解放，与他们走的道路不同。在沪晤面时邓对我表同情，说我所做的事情太早。我为救中国而犯危险，遭损害，不须要找他们来营救我、帮助我，使他们为难。我自己甘心忍受，尤其须要把我这件小事秘密起来，不要在北方张扬……这对于我丝毫没有好处，而只是对我增加无限的侮辱，丧失革命者的人格。至要至嘱（知道的人多了就非常不好）。

二、熊儿生后一月，即寄养福建新泉芷溪黄荫胡家，豹儿今年寄养在往来瑞金、会昌、雩都、赣州这一条河的一只商船上，有一吉安人罗高廿余岁，裁缝出身，携带豹儿。船老板是瑞金武阳围的人，叫赖宏达。有五十多岁，撑了几十年的船，人很老实，赣州的商人多半认识他。他的老板娘叫郭贱姑，他的儿子叫赖连章（记不清楚了），媳妇叫做梁照娣。他们一家人都很爱豹儿，故我寄交他们抚育。因我无钱，只给了几个月的生活费，你们今年以内派人去找着，还不致于饿死。

我为中国革命没有一文钱的私产，把三个幼儿的养育都要累着诸兄嫂。我四川的家听说久已破产，又被抄没过，人口死亡殆尽，我已八年不通信了。为着中国民族就为不了家和个人，诸兄嫂明达当能了解，不致说弟这一生穷苦，是没有用处。

刘伯坚写给妻子王叔振

叔振同志:

我的绝命书及遗嘱你必能见着，我直寄陕西凤笙及五六诸兄嫂。

你不要伤心，望你无论如何要为中国革命努力，不要脱离革命战线，并要用尽一切的力量教养虎、豹、熊三幼儿成人，继续我的光荣的革命事业。

我葬在大庾梅关附近。

十二时快到了，就要上杀场，不能再写了，致以最后革命的敬礼。

刘伯坚

三月二十日于大庾

《见字如面》入选信件文档 编号 060

那天，你被诊断为自闭症

蔡春猪写给儿子喜禾

2011 年 5 月 28 日

蔡春猪（1973—），原名蔡朝晖，影视剧编剧。儿子喜禾两岁时，被诊断为自闭症。蔡春猪崩溃了。哭过之后，他选择以一个父亲的姿态站起来，他把自己的微博名字改为"爸爸爱喜禾"，并于 2011 年 5 月 28 日，在其新浪博客"犬子在，不远游"中发表了这封信。一夜之间，这封信被浏览数十万次，评论数千条。从此蔡春猪成了大家眼中的"自闭症之父"。

吾儿喜禾：

这封信本来打算你十八岁的时候给你写的。你在外地读大学，来信问我对你找女朋友一事的看法。我重申，大学四年是人生最美好、最宝贵的四年，应该用在有意义的事情上，要以恋爱为重。至于学习，如果还有时间，就去抄抄同学的作业。

还有一点，你父亲必须提醒你的：不许在宿舍打麻将！麻将洗牌的动静太大，易为校方所发现。别跟我说把你女朋友的连衣裙垫在桌子上了。没用的。就算把你女朋友垫在桌子上——我就不信你还有心思打。你父亲的态度很明确：弃麻将而择纸牌，是为上策。打纸牌动静小是其一，更主要的，就算校方发现了，一副纸牌没收了你也不至于心疼。另：校方没收纸牌时你不可太老实，建议你抽出两张，让他们也玩不成。

　　…………

　　这封信提前了十六年。提前十六年写的好处是有十六年的时间来修改、更正、增补，坏处是十六年里都得不到回信。

　　提前十六年写这封信，确实有难度——不知道收件人地址怎么写。因为你就住在我家里。虽然没有法律规定收信人跟寄信人的地址不能相同，但是邮递员会认为你父亲脑子有病。

　　一年三百六十五天，每天都差不多。但是因为有人在那天出生，上大学，结婚，第二次结婚……那一天就区别于另外的三百六十四天，有了纪念意义。吾儿，你也一样。在你的生日之外，还有一天，对你父亲还有整个家庭来说都意义重大。你父亲的人生方向都来了一个一百八十度的大转弯——那天，你被诊断为自闭症，你才两岁零六天。

　　那天凌晨两点，我就和你母亲去医院排队挂号，农历新年刚过，还是冬末，你母亲穿了两件羽绒衣还瑟瑟发抖。

　　在寒风中站到六点，你母亲继续排队，我开车回家去接你。到家把你弄醒后，带上你的姥姥，我们又匆匆赶回医院。那天你真可爱，一路上咯咯笑个不停，一点都不像个有问题的孩子。你姥姥本来就不同意带你去医院检查，半路上就说不去了。但我还是要带你去。

　　你都两岁了，不会说话，没叫过爸爸妈妈，不跟小朋友玩，你也不玩玩具——知道你是想替父亲省下买玩具的钱，但有些玩具是别人送的，你玩玩没关系的。叫你名字，你从来都没反应，就像个聋子一样，但你耳朵又不聋。你对你的父母表现得一点感情都没有，很伤我们的心。你成天就喜欢进厨房，提壶盖拎杯盖的，看见洗衣机就像看见你的亲爹。你这个样子我怎么能放下心。

　　…………

2015年，蔡春猪参与关注自闭症儿童活动

专家确实是专家，跟我们说的第一句话就很不一样："等一会儿，我接个电话。"专家讲电话也很有风格，干脆简短："……不卖！以后别给我打电话了，烦不烦。"

但是我希望专家跟我们说话还是别太简短了，最好婆婆妈妈多问几句，我们凌晨两点排队，不能几句话就给打发了。

专家问了你很多，但我们都代劳了。你太不喜欢说话了，以听得懂为标准，迄今为止你还没说过一句话。你不能跟小狗比。小狗见到我会摇尾巴，你有尾巴可摇吗？所以你要说话，见到父亲下班回来，你要扑上前去说："爸爸你怎么提前回来了，有个叔叔在妈妈房间还没走。"

专家还拿了一张表，让我们在上面打钩打叉。表上列了很多问题，例如：是不是不跟人对视？对呼唤没有反应？不玩玩具……符合上述特征就打钩。吾儿，每打一个钩，都是在你父母心上扎一刀。你也太优秀了吧，怎么能得这么多钩？

专家说，你是高功能低智能自闭症——吾儿，你终于得到了一把叉了，还是一把大叉，叉在你名字上——你的人生被否决了。你父母的人生也被否决了。

专家说完，你母亲说了三个字："就是说……"就是说什么啊，就是说可以高高兴兴去吃早餐了？就是说将来不用为重点小学发愁了？就是说希望在人间？还是就是说：医生，吓人是不符合医德的哦。

吾儿，你母亲当时只说出了"就是说"三个字，之后就开始哭了。专家拿出了她的人道主义精神，她说："也不是完全没有希望。"

人道主义是催泪弹。你母亲泪如泉涌——哇塞，也太多了吧，我看她之后三年都没泪可流了。

我问专家："自闭症是什么原因造成的？"专家说了很多很多，什么神经元什么脑细胞……我不想知道这些医学术语。我对专家说："您就简单说吧。"专家去繁就简，一言二字："未知。"那怎么医治呢？专家曰："无方！"不知道病因，又没有方法治疗，这他妈的什么医院！

正如专家所说，也不是完全没希望。有几家康复机构可以选择。专家开始化身指路神仙了。机构分别叫什么在哪儿怎么去。你知道的还不少啊，专家。

"入机构就能康复吗？"你父亲又问专家。专家说："目前世界上还没有一个完全康复的案例。"

吾儿，你知道绝望有几种写法吗？你知道绝望有多少笔画吗？吾儿，你还不识字，将来你识字了，我希望你不需要知道这两个字有几种写法有多少笔画。你的人生里，永远不需要用这两个字来表述。

专家说你这是先天的，病因未知。就是说，你姥姥姥爷把你带大，免责。你父亲母亲把你生出来，免责。我们都没有错，有错的是你？

是你父亲母亲的错，吾儿。父母亲把你生下来，让你遭受这种不幸。

吾儿，知道那天你父亲是怎么从医院回的家吗？——对，开车。你说对了。

你父亲失态了，一边开车一边哭。三十多年树立的形象，不容易啊，那一天全给毁了。你父亲一边开车一边重复这几句话："老天爷你为什么这么对我？我做错什么了？"

你的姥姥双唇紧闭，一言不发，把你抱得紧紧的，就像在防着我把你扔出窗外。

你的母亲没哭，她没哭不是因为比你父亲坚强——车内空间太小，只能容一个人哭。你父亲哭声刚停，你母亲就续上了，续得那么流畅自然。这就是江湖上失传已久的无缝续哭？

吾儿，到家后你父亲没有上楼，你母亲你姥姥抱你上的楼，你父亲还有几个电话要打。第一个电话打给你哈尔滨的姥爷。你出生后不久，你不负责任的父母把你扔在哈尔滨，自己在北京享乐。这两年都是姥姥姥爷带的你。你父亲要打电话跟你姥爷解释：你现在这样不是他们带得不好。你在他们手上得到了最精心的照顾与呵护，我要深深感谢他们。

第二个电话打给你湖南的爷爷奶奶。这事跟他们不太好说。后来发现不用怎么说，只要说个开头就可以了——你孙子将来可能是个傻子……电话那头就开始哭了。OK！电话别挂，放一边，吃完晚饭回来，再拿起电话，还在哭。电话还是别挂，放一边，吃消夜去。

后面几个电话是打给你的大伯二伯，还有你的姑姑。他们的表现……你姑姑这个娘们儿跟她妈一样，两个伯父表现不错，至少没哭。

父亲的朋友圈里，你父亲第一个电话打给了你胡吗个叔叔，他是你父亲的死党。胡叔叔还没生小孩呢，吓吓他。吓他以后不敢生小孩，收你为义子，他的房子车子将来就都是你的了。

你父亲还想打电话，却发现没人可打。电话里存了两百多个号码，跟谁说？怎么说？嘿，兄弟，我儿子是自闭症……嘿，姐们儿，你听说过自闭症吗？

那天你父亲哭得就像个娘们儿，花园的草看到了，你父亲可以拔掉；树也看到了，你父亲没办法，它们受《植树法》保护。杀人的心都有，却奈何不了一棵树。力拔山兮气盖世，时不利兮树不逝。

吾儿，一个人不吃饭光喝水，七天不会死你知道吗？这点应该不需要你父亲验证，所以第二天你父亲就进食了。

吾儿，自打从医院回来，你父亲发现家里面可以坐的地方多了。台阶上，坐。门槛上，坐。玩具车上……到哪儿都是屁股一坐。

吾儿，你父亲做错过很多事，但最正确的就是跟你母亲结婚。你父亲未必伟大光荣正确，但你母亲确实勤劳善良勇敢。你母亲为了照顾你，果断地把工作辞了。

吾儿，你父亲只是三日沉沦。沉沦三日，他马上振作了。振作的标志就是：肆无忌惮地开玩笑了。

吾儿，你父亲每天在微博上拿你开玩笑，不是讨厌你，是太爱你了。你举手投足都可爱，你父亲胡言乱语也都是爱。希望你明白。

吾儿，你收到这封信后，我知道你会把它吃掉。你爱吃饼干，但我找遍了全世界，也没找到饼干做的纸。所以你就别在意口感了，至少比烟头泥土好吃吧，你又不是没吃过。

信里面絮絮叨叨说了很多医院的事，那些事情忘不了，索性写出来，你吃掉，以后也就没有了。

那些都是你的过去，不是你的现在，更不是你的将来。现在你一天比一天进步，我看在眼里，乐在心里。你势头很猛啊，小朋友，不得了啊。照此发展，你八十岁的时候就可以说："其实我也是个普通人嘛。"有的人八十岁还未必能达到。一个曾经的高官现在的阶下囚说："我就想做一个普通人。"呸！不经过努力没有奋斗能成为普通人吗？你父母也是普通人，一生下来就是，到死还是，一点变化都没有，无趣。所以，虽然你最后还是沦为普通人，但你的一生比你父母的有趣多了。不许骄傲。

我对你曾经有很多期待和愿望，这些期待和愿望有的冠冕堂皇上得台面，比方你成为诺贝尔文学奖获得者，比方你当上省委书记，比方你成为考古工作者，比方你成为哪位部长的换帖兄弟承包点工程……这些其实都是浮云，算不得什么。父母对你最大的期待和愿望是：你是一个快乐的人。这个愿望说大就大说小则小，但希望你能帮父母亲完成，我们也会尽力协助，但主要还是靠你自己。

上不了台面的愿望和期待，父亲其实更期待你实现：搞大一个女孩的肚子。前提是：别强来，注意方式。

你父亲年轻时，情书写得才华横溢，以为会收获爱，结果只得到两个巴掌，颇意外。你父亲后来总结出的经验可以作为家训，世代流传下去：写给 A 的情书，务必装到 A 收的信封里，而不能是 B 收的那个信封。子孙后代切记！

但父亲这次给你写信，真情实感，句句发自肺腑，尤其没有装错信封。希望能得到你的爱。

还有，你回信的时候，虽然收信地址还是我们家，收信人就是我，但我还是希望你跑一趟邮局。邮局有个女孩长得不错，追到手我给你腾房。OK？

京城里的人都说您家
太有钱了

柳宗元写给王参元

约公元807年至815年之间

柳宗元（773—819），唐代文学家、哲学家和思想家。唐宋八大家之一。官至御史、尚书郎。公元805年，参与王叔文发动的永贞革新，失败后，王叔文被赐死，柳宗元被贬为永州司马。

王参元，出身名门，父亲是左龙武大将军、鄜坊节度使，其家庭在京城以富足著称。唐元和二年（公元807年）进士，以好读书、能文章、善小学及工于翰墨著称于当世。与李贺、柳宗元等文人交游。元和年间，王参元家遭遇大火。远在永州的柳宗元给他写了《贺进士王参元失火书》。信中洞悉世态、绝无陈腐，因此成为千古奇文。

　　我收到杨八的来信，知道您遭遇了火灾，家里已经烧得什么都没了。我最初听到这个消息的时候很担心，后来又有些困惑，不过最终却非常高兴。所以就把这封慰问信写成了祝贺信。杨八的信写得很简单，让我没法了解详细的情况，如果大火真的把您家的每一处都烧成了灰烬，让您一无所有了，那就是我要向您特别祝贺的了。

　　您有一大家人需要奉养，每天快快乐乐的，每天只想着平安无事就行了。现在来了这么一场巨大的火灾，周围的人一定都吓坏了，过去的锦衣玉食没准也供不上了，所以一开始我是很担心的。所有的人都会说什么月有阴晴圆缺，来去无常，都会说什么天要降大任给谁，必然会先用艰难困苦、水火之灾、小人之祸让您勤劳奋进，然后才有好日子之类的套话。过去的人还真就相信这些。其实这套路数完全不靠谱，就算是圣人也不能证明真有这么回事。所以我对如何安慰您又陷入了困惑。

您读书读得好，文章写得漂亮，学问又扎实。像您这样的全才，却一直不能被提拔到超越群臣的重要岗位，原因只有一个，那就是京城里的人都说您家太有钱了。凡是洁身自好的人都怕闲言碎语，不敢说您的好话。自己心里清楚就得了，都存在心里憋着不说。天下的道理本来就很难说清，社会上又最喜欢猜忌。谁要是敢说您一句好话，立刻就会被那些嚼舌根子的人认定了是拿了您的重金贿赂才这么干的。

我从六七年前就看过您的文章，这六七年就一直憋着没夸过您一句。我像这样只想着自己而违背公道已经很长时间了，并不光是对不起您一个人。后来我做了主管监察的部长，感觉这回是天子近臣了，该能说点真话了，就想着能把您被埋没的才能彰显出来。但每次一跟群臣推荐您，就老是有人把脸转开偷笑。我心里这个恨呀，恨我怎么就不能有个让人相信的、坦坦荡荡的好名声，反倒让那些流言蜚语给弄得百口难辩。我常和孟几道说起这些并且非常痛苦。

现在好了，您家被大火烧光了，所有人的猜忌也好、顾虑也罢，也都被大火一块儿烧成灰了。房子烧黑了，墙烧红了，所有人都知道您一无所有了。但是您的才能，却可以好好传扬而不怕被玷污了，您终于熬出头了。这是火神在帮您呀。我和孟几道十年对您的相知，也比不上这场大火一个晚上给您带来的帮助。以后大家都可以轻松地说您的好话了，把那些憋在心里的话都说出来，那些人事任命上的决策者，也可以大胆任用您而不必害怕别人说三道四了。再想跟过去似的畏畏缩缩，连个理由都没了。从现在起，我就可以看着您施展抱负了。所以，对您家着火这件事，我最终变得非常高兴起来。

古代的时候，列国有灾，其他的国家都要慰问。有一次许国没来慰问，有识之士就很鄙夷许国。现在，我把信写成这样，跟过去所有人说的都不一样，这是将慰问信改成祝贺信了。颜回和曾参用自己的成就给父母带来的快乐，那才是最大的快乐，虽然贫穷，但他们什么也不缺。

您上次来信跟我要的文章和古书，我绝不敢忘。等我写上数十篇一块儿寄给您。吴二十一从武陵来看我，说起您写的《醉赋》和《对问》，评价极高，可以寄给我一本。我最近也喜欢写文章，感觉和在京城的时候很不一样，想和您多交流，但现在我被管控得很严，没法实现。如果有人南来，写信给我，也好知道我是否还活着。言不尽意。柳宗元问好。

原文

贺进士王参元失火书

得杨八书，知足下遇火灾，家无余储。仆始闻而骇，中而疑，终乃大喜。盖将吊而更以贺也。道远言略，犹未能究知其状。若果荡焉泯焉而悉无有，乃吾所以尤贺者也。

足下勤奉养，乐朝夕，惟恬安无事是望也。今乃有焚炀赫烈之虞，以震骇左右，而脂膏滫瀡之具，或以不给，吾是以始而骇也。

凡人之言皆曰：盈虚倚伏，去来之不可常。或将大有为也，乃始厄困震悸，于是有水火之孽，有群小之愠，劳苦变动，而后能光明，古之人皆然。斯道辽阔诞漫，虽圣人不能以是必信，是故中而疑也。

以足下读古人书，为文章，善小学，其为多能若是，而进不能出群士之上，以取显贵者，无他故焉。京城人多言足下家有积货，士之好廉名者，皆畏忌，不敢道足下之善，独自得之，心蓄之，衔忍而不出诸口。以公道之难明，而世之多嫌也。一出口，则嗤嗤者以为得重赂。

仆自贞元十五年见足下之文章，蓄之者盖六七年未尝言。是仆私一身而负公道久矣，非特负足下也。及为御史、尚书郎，自以幸为天子近臣，得奋其舌，思以发明足下之郁塞。然时称道于行列，犹有顾视而窃笑者。仆良恨修己之不亮，素誉之不立，而为世嫌之所加，常与孟几道言而痛之。乃今幸为天火之所涤荡，凡众之疑虑，举为灰埃。黔其庐，赭其垣，以示其无有，而足下之才能乃可以显白而不污，其实出矣。是祝融、回禄之相吾子也。则仆与几道十年之相知，不若兹火一夕之为足下誉也。宥而彰之，使夫蓄于心者，咸得开其喙；发策决科者，授子而不慄。虽欲如向之蓄缩受侮，其可得乎？于兹吾有望乎尔，是以终乃大喜也。

古者列国有灾，同位者皆相吊。许不吊灾，君子恶之。今吾之所陈若是，有以异乎古，故将吊而更以贺也。颜、曾之养，其为乐也大矣，又何阙焉？

足下前要仆文章古书，极不忘，候得数十幅乃并往耳。吴二十一武陵来，言足下为《醉赋》及《对问》，大善，可寄一本。仆近亦好作文，与在京城时颇异。思与足下辈言之，桎梏甚固，未可得也。因人南来，致书访死生。不悉。宗元白。

这一次，爸爸决定要躲好久好久

邱文周写给女儿

2001 年

2001 年，邱文周参加台北市社会局举办的预留遗嘱征文活动，以一位因罹患癌症而自知不久于世的父亲的身份，写了一封特别的遗书与六岁的女儿告别，将生离死别的悲痛变成了一场泪中带笑的游戏。十年后，终于长大了的女儿，给远在天国的父亲写了一封回信，为这场游戏完成了感人的结局。

可爱的女儿：

爸爸和你玩了好多次捉迷藏，每次都一下子就被你找出来。不过这一次，爸爸决定要躲好久好久。你先不要找，等你十六岁的时候，再问妈咪爸爸躲在哪里，好不好？

爸爸要躲这么久，你一定会想念爸爸，对不对？不过，爸爸不能随便跑出来，不然就输了。如果还是很想爸爸，爸爸就变魔法出现。爸爸的魔法是：趁你睡觉的时候，跑到你梦里大玩游戏。因为是魔法，不是真的出现，所以不犯规，爸爸不算输。

在你画画的时候，如果是画爸爸，不管好看不好看，你觉得是爸爸，就是爸爸。当你拿着爸爸的照片看时，爸爸其实也在偷偷地看着你。要记得，爸爸一直都在陪着你。

你已经是个六岁的大姐姐了，爸爸要拜托你一件事，要你照顾和孝顺爷爷、奶奶和妈咪。奶奶冬天的时候手会开裂，要把澳洲绵羊油从秋天就给奶奶的手涂上。爷爷糖尿病，血糖很高，你要乖，不能惹他生气，每天提醒他吃爸爸给他买好的药，聪明的你一定知道，就是那个绿色的瓶子。妈咪工作忙，不爱吃早餐，你要记得让她每天吃牛奶、面包，还有鸡蛋。

看你是不是比爸爸以前做得更好，有多好，妈咪会告诉你的。

爸爸猜想，我们这一次玩捉迷藏要玩这么久，爷爷、奶奶和妈咪有时候看不到爸爸，他们一定会偷偷地哭。偷偷地哭就是犯规，就是失败。他们偷偷哭，你就要逗他们笑，不然游戏输了以后，他们一定会哭得更厉害了。好不好，宝贝？

我们这次是在比赛，看看是你厉害，还是爸爸厉害。准备好了吗？比赛就要开始了。

爸爸

2001 年

我赢了……
我是不是可以哭了？

女儿写给天堂的父亲

2011 年

最爱的爸爸：

爸爸，我终于找到你了。

爸爸你知道吗，这些年，我很厉害哟。妈咪说我做得比爸爸你还要好呢。爷爷、奶奶和妈咪犯规时，我都很努力地逗他们笑。而且爷爷、奶奶需要帮助时，我都是乖乖地按照你的话去做的。爸爸，我是不是赢了？

不要担心，我很勇敢。因为我知道爸爸永远都在我身边看着我，陪我哭，陪我笑，看着我撒娇闹别扭。你真的好厉害，你的魔法让我变得很坚强。我很幸福，因为有爷爷、奶奶、你和妈妈陪着我，我不孤单。爸爸也不孤单，因为有我陪着你。

所以爸爸，你不用替我操心，我已经是个十六岁的大姐姐了，我已经懂事了。现在，爸爸你可以变作星星，在天上安心地看着我了。

爸爸，我画了幅画，是我们全家哟。你想我们的时候，就看着这幅画。你想我的时候，我就变魔法，让你到我的梦里来玩。

爸爸，我真的好爱你。

可惜，比赛结束了。爸爸，我赢了……

我是不是可以哭了？

女儿

2011 年

我自家连一条棉裤也没有

郁达夫写给沈从文

1924 年 11 月 13 日

郁达夫（1896—1945），中国现代著名作家。抗日战争爆发后，郁达夫积极投身抗日救亡运动，被日军杀害于苏门答腊丛林。

沈从文（1902—1988），中国著名作家、历史文物研究家。1922年，二十岁出头的文学青年沈从文离开湘西，只身来到北京求学。在自己的梦想接连破灭后，绝望的沈从文写信给当时在北京的几位知名作家求助。当时在文坛颇有声名的郁达夫收到信后去探望沈从文。除了请他吃饭之外，还赠予他一条围巾和一些钱。沈从文也对郁达夫敞开心扉，畅聊自己的梦想、经历、家庭。分别之后，郁达夫感慨万千，当天午夜在激愤之中写下这封给文学青年的公开信，道尽当时生活艰辛、世态荒诞。

今天的风沙实在太大了，中午吃饭之后，我因为还要去教书，所以没有许多工夫，和你谈天。我坐在车上，一路的向北走去，沙石飞进了我的眼睛。一直到午后四点钟止，我的眼睛四周的红圈，还没有褪尽。恐怕同学们见了要笑我，所以于上课堂之先，我从高窗口在日光大风里把一双眼睛曝晒了许多时。我今天上你那公寓里来看了你那一副样子，觉得什么话也说不出来。现在我想趁着这大家已经睡寂了的几点钟工夫，把我要说的话，写一点在纸上。

郁达夫

沈从文

平素不认识的可怜的朋友，或是写信来，或是亲自上我这里来的，很多很多，我因为想报答两位也是我素不认识而对于我却有十二分的同情过的朋友的厚恩起见，总尽我的力量帮助他们。可是我的力量太薄弱了，可怜的朋友太多了，所以结果近来弄得我自家连一条棉裤也没有。这几天来天气变得很冷，我老想买一件外套，但终于没有买成。尤其是使我羞恼的，因为恰逢此刻，我和同学们所读的书里，正有一篇俄国郭哥儿著的嘲弄像我们一类人的小说《外套》。现在我的经济状态比从前并没有什么宽裕，从数目上讲起来，反而比从前要少——因为现在我不能向家里去要钱花，每月的教书钱，额面上虽则有五十三加六十四合一百十七块，但实际上拿得到的只有三十三四块——而我的嗜好日深，每月光是烟酒的账，也要开销二十多块。我曾经立过几次对天的深誓，想把这一笔靡费节省下来，但愈是没有钱的时候，愈想喝酒吸烟。向你讲这一番苦话，并不是因为怕你要问我借钱，先事预防，我不过欲以我的身体来做一个证据，证明目下的中国社会的不合理，以大学校毕业的资格来糊口的你那种见解的错误罢了。

　　引诱你到北京来的，是一个国立大学毕业的头衔，你告诉我说你的心里，总想在国立大学弄到毕业，毕业以后至少生计问题总可以解决。现在学校都已考完，你一个国立大学也进不去，接济你的资斧的人，又因他自家的地位动摇，无钱寄你，你去投奔你同县而且带有亲属的大慈善家 H，H 又不纳。穷极无路，只好写封信给一个和你素不相识而你也明明知道是和你一样穷的我。在这时候这样的状态之下，你还要口口声声地说什么"大学教育""念书"，我真佩服你的坚忍不拔的雄心。不过佩服虽可佩服，但是你的思想的简单愚直，也却是一样的可惊可异。现在你已经是变成了中性——半去势的文人了，有许多事情，譬如说高尚一点的，去当土匪，卑微一点的，去拉洋车等事情，你已经是干不了的了；难道你还嫌不足，还要想穿几年长袍，做几篇白话诗、短篇小说，达到你的全去势的目的么？大学毕业，以后就可以有饭吃，你这一种定理，是哪一本书上翻来的？

像你这样一个白脸长身，一无依靠的文学青年，即使将面包和泪吃，勤勤恳恳地在大学窗下住他五六年，难道你拿毕业文凭的那一天，天上就忽而会下起珍珠白米的雨来的么？

现在不要说中国全国，就是在北京的一区里头，你且去站在十字街头，看见穿长袍黑马褂或哔叽旧洋服的人，你且试对他们行一个礼，问他们一个人要一个名片来看看，我恐怕你不上大半，就可以积起一大堆的什么学士，什么博士来，你若再行一个礼，问一问他们的职业，我恐怕他们都要红红脸说："兄弟是在这里找事情的。"他们是什么？他们都是大学毕业生呀，你能和他们一样的有钱读书么？你能和他们一样的有钱买长袍黑马褂哔叽洋服么？即使你也和他们一样的有了读书买衣服的钱，你能保得住你毕业的时候，事情会来找你么？

大学毕业生坐汽车，吸大烟，一攫千金的人原是有的。然而他们都是为新上台的大佬经手减价卖职的人，都是大刀枪在后面援助的人，都是有几个什么长在他们父兄身上的人；再粗一点说，他们至少也都是会爬乌龟钻狗洞的人；你要有他们那么的后援，或他们那么的乌龟本领、狗本领，那么你就是大学不毕业，何尝不可以吃饭？

我说了这半天，不过想把你的求学读书，大学毕业的迷梦打破而已。现在为你计，最上的上策，是去找一点事情干干。然而土匪你是当不了的，洋车你也拉不了的；报馆的校对，图书馆的拿书者，家庭教师，看护男，门房，旅馆火车菜馆的伙计，因为没有人可以介绍，你也是当不了的——我当然是没有能力替你介绍——所以最上的上策，于你是不成功的了。其次你就去革命去吧，去制造炸弹去吧！但是革命是不是同割枯草一样，用了你那裁纸的小刀，就可以革得成的呢？炸弹是不是可以用了你头发上的灰垢和半年不换的袜底里的腐泥来调和的呢？这些事情，你去问上帝去吧！我也不知道。

比较上可以做得到，并且也不失为中策的，我看还是弄几个旅费，回到湖南你的故土，去找出四五年你不曾见过的老母和你的小妹妹来，第一天相持对哭一天；第二天因为哭了伤心，可以在床上你的草窠里睡去一天；既可以休养，又可以省几粒米下来熬稀粥；第三天以后，你和你的母亲妹妹，若没有衣服穿，不妨三人紧紧地挤在一处，以体热互助的结果，同冬天雪夜的群羊一样，倒可以使你的老母，不致冻伤。若没有米吃，你在日中天暖一点的时候，不妨把年老的母亲交付给你妹妹的身体烘着，你自己可以上村前村后去掘一点草根树根来煮汤吃。草根树根里也有淀粉，我的祖母未死的时候，常把洪杨乱日她老人家尝过的这滋味说给我听，我所以知道。现在我既没有余钱，可以赠你，就把这秘方相传，做个我们两位穷汉，在京华尘土里相遇的纪念吧！若说草根树根，也被你们的督军省长师长议员知事掘完，你无论走往何处再也找不出一块一截来的时候，那么你且咽着自家的口水，同唱戏似的把北京的豪富人家的蔬菜，有色有香地说给你的老母亲小妹妹听听；至少在未死前的一刻半刻钟中间，你们三个昏乱的脑子里，总可以大事铺张地享乐一回。

但是我听你说，你的故乡连年兵燹，房屋田产都已毁尽，老母弱妹，也不知是生是死，五年来音信不通；并且现在回湖南的火车不开，就是有路费也回去不得，何况没有路费呢！

上策不行，次之中策也不行，现在我为你实在是没有什么法子好想了。不得已我就把两个下策来对你讲吧！

第一，现在听说天桥又在招兵，并且听说取得极宽，上自五十岁的老人起，下至十六七岁的少年止，一律都收，你若应募之后，马上开赴前敌，打死在租界以外的中国地界，虽然不能说是为国效忠，也可以算得是为招你的那个同胞效了命，岂不是比饿死冻死在你那公寓的斗室里，好得多么？况且万一不开往前敌，或虽开往前敌而不打死的时候，只教你能保持你现在的这种纯洁的精神，只教你能有如现在想进大学读书一样的精神来宣传你的理想，难保你所属的一师一旅，不为你所感化。这是下策的第一个。

第二，这才是真真的下策了！你现在不是只愁没有地方住没有地方吃饭而又苦于没有勇气自杀么？你的没有能力做土匪，没有能力拉洋车，是我今天早晨在你公寓里第一眼看见你的时候，已经晓得的。但是有一件事情，我想你还能胜任的，要干的时候一定是干得到的。这是什么事情呢？啊啊，我真不愿意说出来——我并不是怕人家对我提起诉讼，说我在嗾使你做贼，啊呀，不愿意说倒说出来了，做贼，做贼，不错，我所说的这件事情，就是叫你去偷窃呀！

无论什么人的无论什么东西，只教你偷得着，尽管偷吧！偷到了，不被发觉，那么就可以把这你偷自他，他抢自第三人的，在现在社会里称为赃物，在将来进步了的社会里，当然是要分归你有的东西，拿到当铺——我虽然不能为你介绍职业，但是像这样的当铺，却可以为你介绍几家——里去换钱用。万一发觉了呢？也没有什么。第一你坐坐监牢，房钱总可以不付了。第二监狱里的饭，虽然没有今天中午我请你的那家馆子里的那么好，但是饭钱可以不付的。第三或者什么什么司令，以军法从事，把你枭首示众的时候，那么你的无勇气的自杀，总算是他来代你执行了，也是你的一件快心的事情，因为这样活在世上，实在是没有什么意思。

我写到这里，觉得没有话再可以和你说了，最后我且来告诉你一种实习的方法吧！

你若要实行上举的第二下策，最好是从亲近的熟人方面做起。譬如你那位同乡的亲戚老 H 家里，你可以先去试一试看。因为他的那些堆积在那里的富财，不过是方法手段不同罢了，实际上也是和你一样的偷来抢来的。你若再慑于他的慈和的笑里的尖刀，不敢去向他先试，那么不妨上我这里来做个破题儿试试。我晚上卧房的门常是不关，进去很便。不过有一件缺点，就是我这里没有什么值钱的物事。但是我有几本旧书，却很可以卖几个钱。你若来时，最好是预先通知我一下，我好多服一剂催眠药，早些睡下，因为近来身体不好，晚上老要失眠，怕与你的行动不便。还有一句话——你若来时，心肠应该要练得硬一点，不要因为是我的书的原因，致使你没有偷成，就放声大哭起来——

一九二四年十一月十三日午前二时

《见字如面》入选信件文档 编号 065

再带给你十几个字

左权写给妻子刘志兰

1942 年 5 月 22 日

左权（1905—1942），革命家，军事家。黄埔军校一期生，八路军的高级将领。1925 年加入中国共产党，1934 年参加长征，参与指挥强渡大渡河、攻打腊子口等战斗。抗日战争爆发后，他协助指挥八路军开赴华北抗日前线，取得了百团大战等许多战役、战斗的胜利。1942 年 5 月，日军对太行抗日根据地发动大扫荡，左权指挥部队掩护中共中央北方局和八路军总部等机关突围转移。5 月 22 日，左权利用作战间歇，给远在延安的妻子刘志兰和女儿左太北写下了这封家书。三天后，左权不幸牺牲，年仅 37 岁。这封信也就成了左权生前最后一封家书。左权牺牲后，延安和太行山根据地为他举行了追悼会，并改辽县为左权县。

志兰：

就江明同志回延之便再带给你十几个字。

乔迁同志那批过路的人，在几天前已安全通过敌之封锁线了，很快可以到达延安，想来不久你可看到我的信。

希特勒"春季攻势"作战已爆发，这将影响日寇行动及我国国内局势。国内局势将如何变迁不久或可明朗化了。

我担心着你及北北，你入学后望能好好地恢复身体，有暇时多去看看太北，小孩子极需人照顾的。

此间一切如常，惟生活则较前艰难多了，部队如不生产则简直不能维持。我也种了四五十棵洋姜，还有二十棵西红柿，长得还不坏。今年没有种花，也很少打球。每日除照常工作外，休息时玩玩扑克与斗牛。志林很爱玩牌，晚饭后经常找我去打扑克，他的身体很好，工作也不坏。

想来太北长得更高了，懂得很多事了，她在保育院情形如何？你是否能经常去看她？来信时希望多报道太北的一切。在闲游与独坐中，有时总仿佛有你及北北与我在一块玩着、谈着，特别是北北非常调皮，一时在地下、一时爬到妈妈怀里，又由妈妈怀里转到爸爸怀里来闹个不休，真是快乐。可惜三个人分在三处，假如在一块的话，真痛快极了。

重复说我虽如此爱太北，但如时局有变，你可大胆按情处理太北的问题，不必顾及我。一切以不再多给你受累，不再多妨碍你的学习及妨碍必要时之行动为原则。

志兰！亲爱的：别时容易见时难，分离二十一个月了，何日相聚？念、念、念、念！愿在党的整顿三风下各自努力，力求进步吧！以进步来安慰自己，以进步来酬报别后衷情。

不多谈了，祝你好！

叔仁
五月廿二日晚

有便多写信给我。

又自本区开始扫荡，明日准备搬家了，托孙仪之同志带的信未交出，一同付你。

人间的事总是多变的

顾城写给家人
1993 年 10 月 8 日

顾城（1956—1993），中国朦胧诗派的重要代表诗人，被称为当代唯灵浪漫主义诗人。十二岁开始写诗，其《一代人》中的一句"黑夜给了我黑色的眼睛，我却用它寻找光明"，成为中国新诗的经典名句。1987 年，三十一岁的顾城开始游历欧洲做文化交流，1988 年和妻子谢烨隐居新西兰激流岛，过着自给自足的生活。1993 年 10 月 8 日，这位"童话诗人"因为婚变，在其新西兰寓所用斧头砍伤妻子谢烨后，自缢于一棵大树之下，谢烨随后不治身亡。

顾城留下了下面这四封遗书。

爸妈姐：

　　人间的事总是多变的，关键是心地坦然。这岛极美，粉花碧木，想想你们要身体好，来一次多好呵。我一直在忙各种事，现在真想能在一起，忘了那些事。

　　人哪，多情多苦，无心无愁。天老不让我过日子，我只好写东西。现在创作达高峰，出口成章，也只是做事罢了。

　　我现在无奈了，英走了也罢，烨也私下与别人好，在岛上和一个小××，在德国和一个叫陈××

的人。现在正在分家、离婚。她说要和陈生个娃娃。

烨许多事一直瞒我。她好心、合理，亦有计划地毁灭我的生活。我在木耳的事上伤了她心，后来我爱木耳要好好过，她也不许了。她的隐情被发现，我才大悟，为什么他们一直用英文写信通电话，当面骗我。英出事后，他们就一直等我自杀，或去杀英。他们安排得好呢，等我死他们好过日子，直到被发现后亦如此，奈何。

烨也好心救过我几次，但到她隐情处，她和陈就盼我死。

陈在德在饭店从小青那帮我买过电击器和刀，让我去杀英儿。他们安排得好呢。

如此，我只有走了。

老顾乡知道很多烨的隐情。

我的手稿照片，由老顾乡清理、保存；房子遗产归木耳；稿费、《英》书稿拍卖的钱寄北京的给老妈妈养老；书中现金老顾乡用于办后事。不要太伤心，人生如此。

老妈妈万万要保重。老顾乡多尽心了。

顾城 Gu Cheng

妈妈:

今天我过不得了，烨要跟别人走，木耳我也得不到。妈妈，我没法忍了，对不起。我想过回北京，但那都没法过。我死后，会有一些钱寄家里，好好过，老顾乡会回去，别省钱。

妈，我没办法，烨骗了我，她们都骗了我，还说是我不好。妈，好好的，你要能过去，我就高兴了。爹要帮老妈妈，全当我还在远方。妈，好好的，为了我最后的想念。

胖

顾城

老顾乡：

你要帮老妈妈，要把后事做好，要安慰老妈妈，花光了钱也要帮老妈妈，小事都别算了。

我从小对你凶，对不起。也就你不恨我，人人报复了我。

我的现金都归你，有四千元马克新币。我的房子归三木，也可卖掉。稿子都归你保管。

要撑得住，利兹也会帮你。我是受不了了，他们得寸进尺。

好好的。有人问我，你就说，我是爱三木的。

弟 城

木耳：

你将来会读这些话，是你爸爸最后写给你的。我本来想写一本书，告诉你我为什么怕你、离开你、爱你。你妈妈要和别人走，她拆了这个家，在你爸爸悔过回头的时候，她跟了别人。

木耳，我今天最后去看你，当马给你骑，我们都开心。可是我哭了，因为我知道这是最后一次见你，别怪你爸爸，他爱你、你妈妈，他不能没有这个家再活下去。

木耳，好孩，你的日子长呢，留给你的屋子里有你爸爸画的画，124号。你爸爸想和你妈妈和你住在那，但你妈妈拒绝。三木，我只有死了。愿你别太像我。

爸爸 顾城

这是开始，而不是告别

顾城与谢烨往来信

1979 年 7 月至 8 月

谢烨（1958—1993），顾城的妻子，爱好文学，写散文，也写诗。

1979 年的夏天，在从上海开往北京的列车上，二十三岁的顾城与谢烨邂逅。顾城是从上海回北京的家，谢烨从上海的家去承德看望父亲。这场宿命般的相遇，让顾城对谢烨一见钟情。在火车到站的一刻，他将一张写有自家地址的字条塞到了谢烨手中。不久之后，谢烨真的按照字条上的地址登门拜访，两人由此互生情愫。在两人最早的通信中，记述了双方从相识到倾心的整个过程。

1993 年，两人最终因情所困，在同一天结束了生命。

顾城写给谢烨

小烨：

那是件多么偶然的事。我刚走出屋子，风就把门关上了。门是撞锁，我没带钥匙进不去。我忽然生起气来，对整个上海都愤怒。我去找父亲对他说："我要走，马上就走，回北京。"父亲气也不小，说："你走吧。"

买票的时候，我并没有看见你，按理说我们应该离得很近，因为我们的座位紧挨着。火车开动的时候，我看见你了吗？我和别人说话，好像在回避一个空间、一片清凉的树。到南京站时，别人占了你的座位，你没有说话，就站在我身边。我忽然变得奇怪起来，也许是想站起来，但站了站却又坐下了。我开始感到你，你颈后飘动的细微的头发。我拿出画画的笔，画了老人和孩子、一对夫妇、坐在我对面满脸晦气的化工厂青年。我画了你身边每一个人，但却没有画你。我觉得你亮得耀眼，使我的目光无法停留。你对人笑，说上海话，我感到你身边的人全是你的亲人，你的妹妹、你的姥姥或者哥哥，我弄不清楚。

晚上，所有的人都睡了，你在我旁边没有睡，我们是怎么开始谈话的，我已经记不得了，只记得你用清楚的北京话回答，眼睛又大又美，深深的，像是幻梦的鱼群，鼻线和嘴角有一种金属的光辉。我不知道该说些什么就给你念起诗来，又说起电影又说起遥远的小时候的事情。你看着我，回答我，每走一步都有回音。我完全忘记了刚刚几小时之前我们还很陌生，甚至连一个礼貌的招呼都不能打。现在却能听着你的声音，穿过薄薄的世界走进你的声音、你的目光……走着却又不断回到此刻，我还在看你颈后最淡的头发。

火车走着，进入早晨，太阳在海河上明晃晃升起来。我好像惊醒了，我站着，我知道此刻正在失去，再过一会儿你将成为永生的幻觉。你还在笑，我对你愤怒起来，我知道世界上有一个你生活着、生长着比我更真实。我掏出纸片写下我的住址。车到站了你慢慢收拾行李，人向两边走去，我把地址给你就下了火车。

顾城 1979 年 7 月

谢烨写给顾城

顾城：

你是个怪人，照我爸爸的说法也许是个骗子。你把地址塞在我手里，样子礼貌又满含怒气。为了能去找你，我想了好多理由。我沿着长长的长着白杨树的道路走，轻轻敲了你的门。开门的是你母亲，她好像已经知道了我，就那么很注意地看我。你走出来，好像还没睡醒，黑钢笔直接放在口袋里。你不该同我谈哲学，因为衣服上的墨迹惹人发笑，我想提醒你，又发现别的口袋同样有许多墨水的颜色，才知道这是你的习惯。我给你留下地址，还挺傻地告诉你我走的日子。离开那天你去送我，我们什么都没说，我们知道这是开始而不是告别。

"你会给我写信吗？"你说"会的。""写多少呢？"你用手比了比，那厚度至少等于两部长篇小说。

小烨 1979 年 7 月

顾城写给谢烨

小烨:

收到你寄的"避暑山庄"的照片了，真高兴，高兴极了，又有点后悔，我为什么没跟你去承德呢？斑驳的古塔夕阳蕴含着多少哲理，又萌发出多少生命。无穷无尽白昼的鸟没入黄昏，好像纷乱的世界从此结束，只有大自然、沉寂的历史、自由的灵魂……太阳落山的时候，你的眼睛充满了光明，像你的名字，像辉煌的天穹，我将默默注视着你，让一生都沐浴着光辉。

我站在天国门口，多少感到一点恐惧，这是第一次，生活驱我谨慎，而热血却使我勇敢。

我们在火车上相识，你妈妈会说我是坏人吗？

顾城　1979 年 8 月

1986 年 12 月，
顾城与谢烨夫妇摄于成都。

谢烨写给顾城

顾城：

今天我觉得精神特别好，现在可以告诉你，我病了，发高烧昏昏沉沉好几天，今天我真的觉得我已经好了。

这几天我躺在床上，天天看或者说是听你的信，也许我真从你那带走了灵魂，它不时聚成你的样子，把你的诗送到我耳边，我好像一个住在海边的姑娘，听小石子在海水中唱歌。

你的信让我看见了将来，多好，为什么我不能和你一起看看将来呢。我感到云从松树上升起来，你一步步上台阶，你就走在我身边，我相信，这是命运。我们在一起的时间很短，而命运是漫长的。

这会儿，起风了，风吹起我的头发，好像把我的灵魂也吹得飞升起来，我太高兴了，真累……我闭上眼睛就能看见你，像兄长那样站在我面前。你礼貌地带着我走路，给我讲安徒生、讲法布尔的故事，讲路边的草怎么结出果子，瓢虫有多少斑点，你神气地走在路上，好像整个北方都属于你。也许，你还要回到你少年时放猪的地方，走被雨水冲坏的路，白石头美丽地显示出来，你的目光注视着它，穿过巨大的天空，向东方伸去，苦咸的泪洒遍荒凉的土地，到处是白蒙蒙的，就像雪、像冬天，你就在这上面走，越来越远，你还是相信有一个河岸，那里的土地被晨光照亮，曲曲折折的。有许多鸟、许多大雁在那里栖息，它们把头放在翅膀下面睡觉。你是属于它们的，你会飞，眼睛里映着我和世界。而我只能躺着，躺在热沙子上生病。

真不想让你走得太远，我曾想过用手遮住你的眼睛。现在不了，真的那么做，会使我不得安宁的。

没人说你是坏人，火车开来开去上边装满了人，有好有坏，你都不是，你是一种个别的人。

小烨 1979 年 8 月

这一切和我格格不入

王小波写给李银河

约 1977 年 6 月 6 日

王小波（1952—1997），中国当代学者、作家。当过知青、民办教师、工人，1978 年考入中国人民大学，1982 年发表处女作《地久天长》。1984 年赴美匹兹堡大学东亚研究中心求学。1988 年回国，先后在北京大学、中国人民大学任教。1992 年 9 月辞去教职，做自由撰稿人。代表作品有《黄金时代》《白银时代》《青铜时代》《黑铁时代》等。

1977 年，二十五岁的王小波与在《光明日报》做编辑的李银河相识并恋爱。当时在王小波朋友圈中被传阅的小说手稿《绿毛水怪》是二人相识的契机，这封信是他们最早期的书信之一。1980 年 1 月 21 日，王小波和李银河结婚，因为那时王小波正在大学读二年级，学校有规定不准结婚，所以结婚是秘密的。没拍结婚照，也没婚礼，两家各请了一桌。

李银河现为中国社会科学院社会学所研究员、教授、博士生导师。

李银河：

你好！

我自食其言，又来给你写信。按说世界上有很多的人，可是我今天病歪歪地躺了一天，晚上又睡不着觉，发作了一阵喋喋不休的毛病，又没有人来听我说。

我又在想，什么是文学的基本问题。今天下午

3点45分我的答案是：人可以拥有什么样的生活。谁能对这个问题给出美妙的答案呢？当人们被污泥淹着脖子的时候？

有很多的人在从少年踏入成人的时候差了一步，于是生活中美好的一面就和他们永别了，真是可惜。在所有的好书中写得明明白白的东西，在人步入卑贱的时候就永远看不懂，永远误解了，真是可惜。在人世间有一种庸俗势力的大合唱，谁一旦对它屈服，就永远沉沦了，真是可惜。有无数为人师表的先生们在按照他们自己的模样塑造别人，真是可惜。

中国人真是可怕！有很多很多中国人活在世上什么也不干，只是在周围逡巡，发现了什么就一拥而上。比方说，刘心武写了《班主任》，写得不坏，说了一声"生活不仅如此！"就有无数的人拥了上去，连声说："太对太对！您真了不起！您是班主任吧？啧啧，这年头孩子是太坏。"肉麻得叫人毛骨怵然。我觉得这一切真是糟透了。

人可以拥有什么样的生活呢？这问题真是深奥，我回答不上来，我知道已往的一切都已经过去。雨果博爱的暴风雨已经过去，罗曼·罗兰"爱美"的风暴已经过去，从海明威到别的人，消极的一切已经过去。海面已经平静，人们又可以安逸地生活了。小汽车，洗衣机，中国人买电视，造大衣柜，这一切和我的人格格格不入。有人学跳舞，有人在月光下散步，有人给孩子洗尿布，这一切和我格格不入。有人解释革命理想，使它更合理。这是件很好的工作。

可是我对人间的事情比较关心，人真应该是巨人。世界上人可以享有的一切，和道貌岸然的先生们说的全不一样，他们全是白痴。人不可以是寄生虫，不可以是无赖。谁也不应该死乞白咧地不愿意从泥坑里站起来。

我又想起雅典人雕在石头上的胜利女神了，她扬翅高飞。胜利真是个美妙的字眼，人应该爱胜利，胜利就是幸福。我相信真是这样，祝你愉快。

王小波　6月6日

王小波和李银河

《见字如面》入选信件文档 编号 069

朝鲜停战签字了

宋云亮写给妻子胡玉华
1953 年 7 月 30 日

宋云亮（1923—1977），陕西临潼人。1953 年 6 月，在朝鲜停战协定即将签订之际，韩美公然破坏停战协议，强行扣押朝鲜人民军战俘两万七千余人。为加速和平的到来，中国人民志愿军于 7 月 13 日发动金城战役。时任中国人民志愿军第 66 军第 198 师炮兵团团长的宋云亮，是这场抗美援朝战争落幕战的亲历者。此战役历时十五天，最终以中国、朝鲜、联合国军三方共同签署《朝鲜停战协定》宣告结束。在停战后的第三天，宋云亮给远在祖国的妻子胡玉华（小名玉花）写了这封家书，生动记录了停战的历史瞬间。

玉花：

前些天在我准备上山作战时写给你的信和寄给你的相片，收到了吗？念念。

在我上山以后，接到了你从学校寄的信与相片，因战斗就要开始，事情很多，所以没有及时回信，望原谅。

把我们这次战役的胜利消息告诉你吧！我是西集团军的一个炮群的群长！我们群里有几十门大口径的野榴炮，还有坦克及"喀秋莎"大炮也参加了。

在七月十三日夜八时——这是一个雨夜，战役开始了。在金城前线廿八公里宽的战线上，响起了震耳的、难以形容的炮声——我们神威的炮兵向敌人的阵地开始了炮火急袭。在炮火延伸射击之后，步兵即突破了敌人的前沿防线，接着又开始纵深战斗。"现在我们已占领了××阵地，要求炮火向××阵地射击"……消息不断从前面传来。炮兵指挥所的所有人员都高兴得了不得。激烈的战斗持续了好些天。

此次战役，我们歼敌三万余人，占领敌军阵地一百七十多平方公里，缴获的大炮、车辆、坦克很多，还有一架飞机。敌人的一个野战医院的男女工作人员也当了俘虏。

总之，这次战役是反击战规模最大的一次，胜利也较大。

其次的一个令人兴奋的消息是朝鲜停战签字了，也停火了。

七月廿七日的晚上，我们还在山上的指挥所，从下午九时起，我们的炮火停止了发射，敌人的炮火也停止了发射，天空再也听不到敌机的声音，真的停火了！廿八日上午，我们下了山坐着车子回到了驻地邹义里。今天已是停战的第三天了。白天、夜间，公路上的车辆来往不断。白天车上也不插伪装了，夜间也听不到打防空枪了。从今天晚上九时起，敌我都撤出非军事区。现在已开始走向和平。

敌人如果不破坏和平的话，朝鲜问题也许会和平解决的。

花！说个私人话吧，如果敌人不破坏停战，也许在几个月以后，我们就会团圆的。究竟是什么时候，现在尚不得而知，当然希望是能够早点回到祖国。

志存给我寄的信和相片，今天才收到。从日子来算，差不多是两个月的时间。关于她的私人问题，在目前情况下，我的意见是回国以后再说吧！总之，要尽力帮助。

花，我买了表，200多万，是块很好的自动游泳表。如果在祖国买，要贵得多，因为志愿军整批地买来，是更便宜得多。原先的那块表卖给别人了，（75万——当然也比祖国的便宜），买表的人太多了，光我们团就买了几百块。

花！再差半个月，就整整一年了……

以后再写吧！望把你的近况来信告知。

紧紧地握手

亮

1953.7.30 于朝鲜

来信寄"朝鲜前线中国人民志愿军一九八师炮兵团"吧——信箱号经常变，弄得信不能按时收到。别写信箱了，或者寄"朝鲜前线中国人民志愿军战字一八二一信箱十五支队"。

亮

①

②

③

（图片提供：中国人民大学家书博物馆）

我绝不可能在这种过分戏剧化 的生活中长期满足

路遥写给弟弟王天乐

1991 年冬

路遥（1949—1992），原名王卫国，中国当代著名作家。生于陕西陕北山区清涧县一个贫困的农民家庭，七岁时因为家里困难被过继给延川县农村的伯父。曾在延川县立中学学习，1969 年回乡务农。1982 年发表中篇小说《人生》，获全国第二届优秀中篇小说奖，并被改编成电影，路遥一夜成名。作为名人，路遥的生活发生了巨大变化，其中很多是他不愿意接受的。他因此写信给在陕西日报当记者的四弟王天乐，谈到了自己的苦恼，也谈到了要集中精力写一部宏大作品的计划。1988 年 5 月 25 日路遥终于完成百万字长篇巨著《平凡的世界》，并因长期专注创作毁坏了身体。1992 年 11 月 17 日，在写完《平凡的世界》创作随笔《早晨从中午开始》后，路遥因肝硬化腹水医治无效在西安逝世，年仅四十二岁。

习近平总书记当年下乡插队的梁家河与路遥的旧居郭家沟只隔着几十里地，同属延川县。在回忆文章中习近平写道："在这一批知青中，出了不少人才……还有路遥。他是延川的本地知青，写了《人生》。"

路遥遗著《早晨从中午开始》原是篇提献给弟弟王乐天得书信体长文，此为节选。

　　小说《人生》发表之后，我的生活完全乱了套。无数的信件从全国四面八方蜂拥而来，来信的内容五花八门。除过谈论阅读小说后的感想和种种生活问题文学问题，许多人还把我当成了掌握人生奥妙的"导师"，纷纷向我求教"人应该怎样生活"，叫我哭笑不得。更有一些遭受挫折的失意青年，规定我必须赶几月几日前写信开导他们，否则就要死给我看。与此同时,陌生的登门拜访者接踵而来,要和我讨论或"切磋"各种问题。一些熟人也免不了乱中添忙。刊物约稿,许多剧团电视台电影制片厂要改编作品,电报电话接连不断,常常半夜三更把我从被窝里惊醒。一年后,电影上映,全国舆论愈加沸腾,我感到自己完全被淹没了。另外,我已经成了"名人",亲戚朋友纷纷上门,不是要钱,就是让我说情安排他们子女的工作,似乎我不仅腰缠万贯,而且有权有势,无所不能。更有甚者,一些当时分文不带而周游列国的文学浪人,衣衫褴褛,却带着一脸破败的傲气庄严地上门来让我为他们开路费,以资助他们神圣的嗜好,这无异于趁火打劫。

也许当时好多人羡慕我的风光,但说实话,我恨不能地上裂出一条缝赶快钻进去。

我深切地感到,尽管创造的过程无比艰辛而成功的结果无比荣耀,尽管一切艰辛都是为了成功,但是,人生最大的幸福也许在于创造的过程,而不在于那个结果。

我不能这样生活了。我必须从自己编织的罗网中解脱出来。当然,我绝非圣人。我几十年在饥寒、失误、挫折和自我折磨的漫长历程中,苦苦追寻一种目标,任何有限度的成功对我都至关重要。我为自己牛马般的劳动得到某种回报而感到人生的温馨。我不拒绝鲜花和红地毯。但是,真诚地说,我绝不可能在这种过分戏剧化的生活中长期满足。我渴望重新投入一种沉重。只有在无比沉重的劳动中,人才会活得更为充实。这是我的基本人生观点。细细想想,迄今为止,我一生中度过的最美好的日子是写《人生》初稿的二十多天。在此之前,我二十八岁的中篇处女作已获得了全国第一届优秀中篇小说奖,正是因为不满足,我才投入到《人生》的写作中。为此,我准备了近两年,思想和艺术考虑备受折磨;而终于穿过障碍进入实际表现的时候,精神真正达到了忘乎所以。记得近一个月里,每天工作十八个小时,分不清白天和夜晚,浑身如同燃起大火。五官溃烂,大小便不畅通,深更半夜在陕北甘泉县招待所转圈圈行走,以致招待所白所长犯了疑心,给县委打电话,说这个青年人可能神经错乱,怕要寻"无

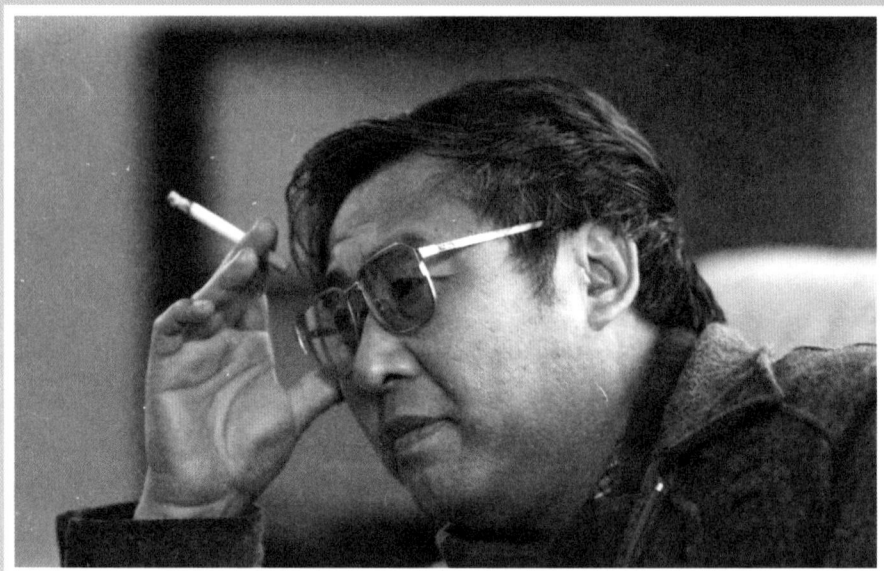

路遥

常"。县委指示，那人在写书，别惊动他（后来听说的）。所有这一切难道不比眼前这种浮华的喧嚣更让人向往吗？是的，只要不丧失远大的使命感，或者说还保持着较为清醒的头脑，就决然不能把人生之船长期停泊在某个温暖的港湾，应该重新扬起风帆，驶向生活的惊涛骇浪中，以领略其间的无限风光。人，不仅要战胜失败，而且还要超越胜利。

那么，我应该怎么办？

我把孩子托付给你们

杨开慧写给堂弟杨开明

1929 年 3 月

杨开慧（1901—1930），毛泽东老师杨昌济的女儿。1920 年冬与毛泽东结婚，1921 年加入中国共产党，成为毛泽东的助手。1927 年，毛泽东领导秋收起义，带部队上了井冈山。杨开慧则独自带着三个孩子，继续参与革命斗争。1929 年，一年多未收到丈夫音信的杨开慧预感到自己的危险，给堂弟杨开明写了一封托孤信。因为害怕被敌人发现，她将这封无法寄出的信藏在家中的墙缝里。直至 1982 重新整修她的故居时，信才被发现并公之于世。

1930 年 10 月，杨开慧和几个孩子同时被捕。杨开慧因为拒绝退党并坚决不与毛泽东脱离关系，最终英勇就义。收信人杨开明是杨开慧的堂弟，1926 年加入中国共产党，1930 年牺牲。信中托孤时提到的孩子们的叔叔毛泽民、毛泽覃，也都于革命胜利前牺牲。

一弟：

亲爱的一弟，我是一个弱者，仍然是一个弱者！好像永远都不能强悍起来。我蜷伏在世界的一个角落里，我战栗而且寂寞！在这个情景中，我无时无刻不在寻找我的依傍，你于是乎在我的心田里就占了一个地位。此外同居在一起的仁、秀，也和你一样——你们一排站在我的心田里！我。常常默祷着：

但愿这几个人莫再失散了呵！

　　我好像已经看见了死神——唉，它那冷酷严肃的面孔！说到死，本来，我并不惧怕，而且可以说是我喜欢的事。只有我的母亲和我的小孩呵，我有点可怜他们！而且这个情绪，缠扰得我非常厉害——前晚竟使我半睡半醒地闹了一晚！我决定把他们，小孩们，托付你们，经济上只要他们的叔父长存，是不至于不管他们的，而且他们的叔父，是有很深的爱对于他们的。倘若真的失掉一个母亲，或者再加上一个父亲，那不是一个叔父的爱，可以抵得住的，必须得你们各方面的爱护，方能在温暖的春天自然地成长，而不至于受到那狂风骤雨的侵袭！这一个遗嘱样的信，你见了一定会怪我是发了神经病，不知何解，我总觉得我的颈项上，好像自死神那里飞起一根毒蛇样的绳索，把我缠着，所以不能不早做准备！

　　杞忧堪噱，书不尽意，祝你一切顺利！

杨开慧

1929 年 3 月

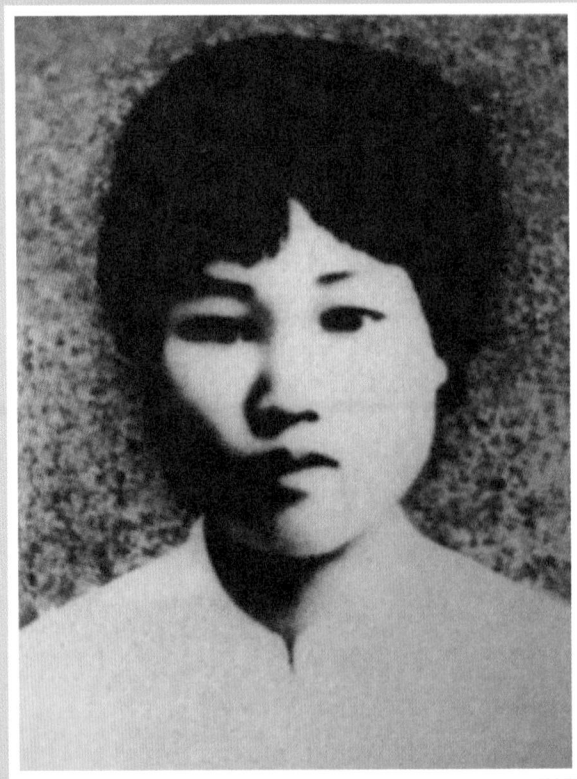

杨开慧

不要让人觉得你似乎
有了后台

毛岸英写给孙嫂

1950 年 8 月 19 日

毛岸英（1922—1950），毛泽东与妻子杨开慧的长子。

孙嫂，湖南宁乡人。本名陈玉英，婆家姓孙。在毛家不但照顾杨开慧和孩子，还是联络员。

1930 年，杨开慧及三个孩子连同孙嫂一起被湖南军阀逮捕并被投入监狱。在狱中，孙嫂和杨开慧一起受刑，一起坐牢，为杨开慧带来不少精神安慰。敌人要杨开慧公开登报声明与毛泽东断绝关系，杨开慧坚决不从，最终英勇就义。临刑前，杨开慧把三个孩子托付给了孙嫂。孙嫂带着孩子们回到了杨开慧的家乡长沙板仓。

1950 年，毛岸英代替国务繁忙的父亲毛泽东回湖南老家探亲，专门探望了孙嫂。回到北京后，毛岸英收到了孙嫂的来信。面对孙嫂在信中提到的感谢与请求，这位开国领袖的长子，给出了自己的答复。这一年 10 月，毛岸英在抗美援朝战场上牺牲。

孙嫂：

你的信我前天才看到，这是因为我自你们那里回北京后，马上又被公家派到别处去了，前天才回来。你在信中感谢我照顾你，这我决然不敢当，我对你并没有丝毫特殊，组织上对你照顾是把你当作对革命有一定功劳的人看待的。这是你二十几年前，在敌人威吓面前，在敌人监狱中挨打挨骂，坚定不屈的应有代价。这是你的光荣，但你可千万不要以此而自高自大，这也要那也要，若如此，你就会把你自己的光荣历史污辱了。我想你不会这样的，你将仍是一位老实的、朴素的、对众人好的、为众人做事的、因而为众人所尊敬的孙嫂。起码我是热望你自革命胜利后变得比以前更好。

你的女儿进保育院一事，组织上已答应代你办，不需你自己出钱（因为你自己没有钱）。如果一定要你出钱，而你确是没有钱，那么请你拿着这封信，要舅母同你一起去见交际处刘道衡部长。他会正确处理问题的（他是个老革命同志）。

我的身体比以前要好一些，岸青不久前在医院里割了扁桃腺，身体好多了。

你的身体千万也要注意，同时又要好好在自己岗位上工作，不要使人家觉得解放后你似乎有了"后台"就不听话了，不好好工作了，这是不对的。我们是劳动人民，我们以此而光荣，但因此我们永远应当是世界上最忠实、最纯洁、最勤劳、最朴素、最刚强而又善良的人。望你永远不失这种伟大工人阶级的优良品质！宝贵这种伟大的优良品质，去掉一切不好的非工人阶级的品质！

信已写得很长了，就此止笔。

祝你愉快。

岸青问你好，我父亲也问候你，并望你决不退步，跟着大众前进！

岸英 上

1950 年 8 月 19 日

抵命的人数最好略高于洋人
伤亡的人数

曾国藩写给奕䜣

1870 年

曾国藩（1811—1872），中国近代政治家、战略家、理学家、文学家，湘军的创立者和统帅。官至两江总督、直隶总督、武英殿大学士，封一等毅勇侯，与李鸿章、左宗棠、张之洞并称"晚清中兴四大名臣"。

1870 年春，天津发生多起儿童失踪绑架的事件。6 月初，天气炎热，疫病流行，育婴堂中有孤儿患病而死。于是民间开始传言外国修女绑架杀死孩童作为药材之用。由于沟通不畅导致双方冲突，数千民众最终焚毁了教堂，包括法国驻天津领事丰大业在内的二十一名外国人丧生。外国军舰来到天津，七国公使向总理衙门抗议。曾国藩受朝廷委派前往天津调查处理此事。他以当时清朝的国力不足以抗洋而选择尽量息事宁人的策略。其间屡受洋人胁迫，并与主政的恭亲王频繁沟通。在事件处理的最后阶段，曾国藩给恭亲王写了此信。他在信中建议的处理方式最终导致民怨沸腾，自己也觉"外惭清议，内疚神明"，1872 年黯然离世。

曾国藩顿首上书王爷殿下、列位大人阁下：

英国公使威妥玛说起天津教案，说什么中国故意拖延不办，难得法国公使罗淑亚耐心容忍之类的话，他这是在特意从旁挑祸。虽然您的处理能够坚持定见，刚柔互用，让法国公使罗淑亚不至于立即决裂。但内有英国公使威妥玛帮他出主意，外有凶犯未能迅速缉拿归案，决裂与否，仍属毫无把握。

我这里缉拿凶犯之难，审讯定罪之难，只可以秘密呈报给您和周围的人，不宜全都告诉洋人。我原来计划查出凶手二十一人，这个数字正好与洋人的伤亡人数一样。昨天收到了您的来函，说国人抵命的人数最好略高于洋人伤亡的人数，否则我们想一命抵一命，恐怕洋人会变为一官抵一官，将来更费周折。您的想法细密周致，让我钦佩不已。昨天丁日昌大人来见我，我跟他反复商量，也觉得抓的人太少，让您没办法每天凭空跟洋人争论，老是担心激怒了洋人让事态发生变化。我已经严令各级文武官员迅速侦查缉拿，限定四日之内在数量上抓够二十人，逾期没完成的，立即从重处分。我们很快就达到了这个数字，加上以前抓的，现在一共抓了三十七人，也可以多少堵住洋人的嘴了。我们将继续展开查访。现在准备以够处死的级别通缉捉拿五十余人，最终处死二十人左右，其余各犯建议分别轻重，判处充军、流放等罪，还有一些可以准备随时释放。咱们抓的虽然是老百姓，但人数更多，可以用这个方式让洋人接受。而判决有轻重，也不至于让人觉得滥杀无辜激起公愤。至于本案办理迟缓，我曾国藩实在难辞其咎。

　　天津知县刘杰已于二十五日押解到天津，知府张光藻在二十七日到。因为受到洪涝阻滞，改走了水路，所以行程稍微晚了一点。这两天会马上进行审讯，整理口供，呈送给您。此外，所有案犯审讯取供、全案审理终结的事，计划以八月二十三日为限。立这个期限，是为了催促下属，也是为了督促我自己。八月二十三日以前，如果罗淑亚公使急着带法国人出京回国，还请您委婉劝阻，告诉他曾国藩已经自己设定了期限，如果逾期仍无头绪再出京不迟。如果没到期限就可以速了交卷，那他一定会力求速了的。

　　被抓的王三、安三等信教的当事人早已释放，似乎不必再三追究。洋人如果以刑讯逼供为借口指责，将来讯问府县，如果确实有滥用刑讯的事情，自然会按律治罪，决不会轻饶。

　　复颂钧安，即希垂鉴。不具。

原文

曾国藩顿首上书王爷殿下、列位大人阁下:

廿五日接读隶字五十六号来示,敬承一一。

威使议论此案,谓中国安心不办,难得罗使耐性等语,其意专欲从旁挑祸。虽经尊处坚持定见,刚柔互用,罗使不致即形决裂,然内有威使为之谋主,外则凶犯未能速获,决裂与否,仍属毫无把握。

此间拿凶之难,讯供之难,止可密陈于左右,不宜尽告于彼族。国藩前拟查出凶手二十一人,计可与洋人伤毙人数相抵。昨由毛帅持示尊函,谓抵命之数宜略增于伤毙之数,否则我欲一命抵一命,恐彼转欲一官抵一官,将来更费周折。苦筹周至,钦佩无已。昨雨生中丞来此,国藩与之熟商,亦以拿犯过少,则尊处不能日以空言争论,深恐激之使变。已严限镇、道、协、府、县文武各员速密访拿,限定四日之内共拿二十人之数,逾限不获,立予重谴。顷果续获此数,合之前获之犯已得三十七人,亦可稍执洋人之口。此后仍即随时查访。惟闻正凶或已潜逃,查有杨二、周起隆、陈三元等皆系正凶,现在逃入京中,已由萧令世本密派干役;通州亦闻有要犯窜往,由丁道派弁密捕,不识能否缉获。现拟抵命之说通拿五十余人,仍以二十左右为率。其余各犯拟分别轻重,科以军徒等罪,其余则随时释放。庶人数较多,可以服洋人之心,而罪有等差,亦不致稍涉枉滥。至办理迟缓,国藩实难辞其咎。

现在刘令已于廿五日解到天津,张守于廿七日到津,均因陆路积潦阻滞,改由水道,故行程稍迟。日内当即会同毛、丁二公讯取确供,送呈尊处。此外,拿犯及讯供各事,计全案就绪,拟以八月廿三日为限。立一限期,借以催督僚属,亦借以自加鞭策。八月廿三日以前,如罗使急欲携法人出京回国,仍请尊处婉切劝阻,告以国藩自请期限,若逾限尚无头绪,出京未晚,如未到限期即可速了交卷,亦必力求速了也。

陈道说帖内未经声叙明晰之处，已饬该道逐一登复，另折呈览。任令验教民伤单所称安三、李兆恒被烧伤痕，俟会讯刘令，再行问明奉复，并当详细复奏。王三、安三及各教民早经释还，似不必再四追究。洋人若以非刑借口，将来讯问府县，如实有滥用非刑之事，自应按律治罪，决不放松也。复颂钧安，即希垂鉴。不具。

图书在版编目（CIP）数据

见字如面/关正文主编 .— 长沙：湖南文艺出版社，2017.7
ISBN 978-7-5404-8134-6

Ⅰ.① 见… Ⅱ.① 关… Ⅲ.① 书信集—中国—当代 Ⅳ.① I267.5

中国版本图书馆 CIP 数据核字（2017）第 124993 号

出版声明：因篇幅所限，部分信件在收入本书时有删节。

上架建议：畅销·文学

JIAN ZI RU MIAN

见字如面

主　　编：关正文
出 版 人：曾赛丰
责任编辑：薛　健　刘诗哲
特约监制：吕　雁
监　　制：蔡明菲　邢越超
特约策划：董晓磊
特约编辑：温雅卿
营销编辑：杜　莎　李　群　张锦涵　姚长杰
封面设计：何嘉莹
版式设计：潘雪琴
出版发行：湖南文艺出版社
　　　　　（长沙市雨花区东二环一段 508 号　邮编：410014）
网　　址：www.hnwy.net
印　　刷：天津联城印刷有限公司
经　　销：新华书店
开　　本：787mm × 1092mm　1/16
字　　数：231 千字
印　　张：18.25
版　　次：2017 年 7 月第 1 版
印　　次：2019 年 8 月第 6 次印刷
书　　号：ISBN 978-7-5404-8134-6
定　　价：49.80 元

质量监督电话：010-59096394
团购电话：010-59320018